講談社文庫

# 特急「おおぞら」《ハイデツカー・エクスプレス》殺人事件

西村京太郎

目次

# 特急「おおぞら」殺人事件

ハイデッカー・エクスプレス

# 第一章　ハイデッカー車

## 1

一六時〇五分に、千歳《ちとせ》空港に着いた。

東京から、一時間三十五分の空の旅である。

北海道は雪だという予報だったが、千歳の空は、よく晴れていた。ただ、空港の周囲は白一色の銀世界である。昨日まで雪だったのだろう。

雪の白さが、美しいというより、チカチカと眼に痛かった。

「来てよかったな」

と亀井《かめい》は、息子の健一《けんいち》にいった。

亀井は、警視庁捜査一課の刑事で四十五歳になる。

今年の冬休みは、釧路《くしろ》の親戚の家で送ることにして、妻の公子《きみこ》と、五歳のマユミは、先に行っていた。

小学校五年の健一が、冬休みに入るのを待って、亀井があとから連れて行くことになったのである。

三日間しか休暇がとれなかったから、亀井一人は、釧路に一日いるだけで帰京することになるだろう。

東京から、釧路行きの飛行機にすることもありえたし、妻と娘は、その便で行ったのだが、亀井は、健一の希望で、千歳から列車にすることにした。

鉄道マニアの健一が、北海道にスーパー特急「おおぞら」が走ることになったので、それに乗って、釧路へ行きたいといったのである。

別に、鉄道マニアでもない亀井には、スーパー特急といわれても、よくわからない。

「まさか、新幹線みたいに速いわけじゃないんだろう？」

ときくと、健一は、困ったなという顔で、

「単線区間が多いのに、新幹線みたいに、速く走れるわけがないじゃないか」

という。

「じゃあ、なんで、スーパー特急なんていうんだ？」

「札幌《さっぽろ》から釧路まで、今までも特急が走ってるんだけど、今度、『おおぞら』という特急に、新しい車両が入ったんだ。その中の一列車は、札幌から釧路まで、二つの駅にしか停車しないのさ。それをスーパー特急っていってるんだ」

「そうか。停車駅が少ない特急のことか」

「三五〇キロもあるのに、途中、二つの駅にしか停車しないんだよ」

と健一がいい、亀井が、あまり驚かないことに不満そうだった。

「じゃあ、そのスーパー『おおぞら』というやつに乗ろう」

亀井がいうと、健一は、

「グリーン車がいいな」

「グリーン車？」

「普通のグリーン車じゃないんだ。新しい『おおぞら』のは、ハイデッカー・グリーン車なんだよ」

「ハイデッカー？　何だい？　それは」

亀井には、どんな車両なのか、まったく見当がつかない。

「乗ってみればわかるよ」

と健一はいい、強引にグリーンにすると、父親に約束させてしまった。

問題のスーパー特急「おおぞら9号」は、札幌発一六時二八分、千歳空港発は一六時五八分である。

亀井は、健一と連絡通路を渡って、千歳空港駅に向かった。

特急「おおぞら9号」のグリーンの切符を買って、ホームに降りて行った。

冬休みに入ったせいか、飛行機も混んでいたが、この駅のホームも子供連れで混んでいた。

「来たよ!」

と健一がはずんだ声を出した。

白い車体に、オレンジと赤の二本の線が入った洒落《しやれ》た列車が、ホームに入ってくる。

八両連結だが、五両目のグリーン車だけが、他の車両より背が高く、窓も高いところに作ってある。

「あれが、グリーン車だよ」

と健一は嬉しそうにいい、ホームを駈けて行って乗り込んだ。

亀井も、そのあとから中に入った。

他の車両に比べると、三十センチは床が高い。その上、三十センチ高い床の通路より、さらに二十センチ高く座席が作ってあるのだ。

したがって、他の車両より五十センチは高い場所に、座席があることになる。

そのうえ、窓はゆるい曲面ガラスなので、腰を下ろしての展望が素晴らしいのだ。

「なるほどねえ」

と亀井は、ひとりで肯《うなず》いた。

ハイデッカーと、健一は、意味もわからずにいっていたが、これは多分、ハイデッキの意味だろうと思ったからである。

それに、グリーン車にしてよかったなと思ったのは、他の車両がかなり混んでいるのに、グリーン車は、すいていたことだった。

健一は、さっそく、座席を向かい合わせにして、腰を下ろしている。

座席が五十センチも高いので、ホームにいる人を見下ろすようになる。

一六時五八分に、健一のいう、スーパー「おおぞら」は、千歳空港駅を発車した。

## 2

グリーン車は、客席部分が車両の半分強で、あとは、洗面所、乗務員室、売店などになっている。車内販売のための準備室も、この一角にあった。

健一は、その一角も気に入ったらしく、カメラを持って、写真を撮りに行ったりしている。

亀井は、座席を倒し、深々と腰を下ろして、途中で買った時刻表を開いた。

特急「おおぞら」は、下りが1号から13号まであるが、途中、二駅しか停まらないのは、この「おおぞら9号」だけである。

次の停車駅は帯広《おびひろ》で、一九時〇五分着。二時間余り、ノンストップで走り続けるのだ。帯広のあとは、終点の釧路まで停車しない。

(なるほど、スーパー特急だな)

と思った。

健一は、待望の列車に乗ったのがよほど嬉しかったらしく、座席に座っていたかと思うと、カメラを手にして、どこかへ消えてしまう。

最初のうち亀井は、戻ってくると、どこへ行っていたんだと聞いていたが、そのうちに眠くなって、うとうととしてしまった。

亀井の特技は、どこでもよく眠れることで、上司の十津川《とつがわ》警部に羨《うらや》まれるのだが、今日も、列車の振動に身を委《ゆだ》ねて、いつの間にか眠ってしまっている。

眼をさましたとき、窓の外は暗くなっていた。

瞬間、小さな駅を通過したが、駅名は読みとれなかった。眼をこすり腕時計を見た。

午後七時半を、少し過ぎている。

帯広を過ぎてしまっているのだ。

(次は、終点の釧路か)

と思い、小さく伸びをしてから、眼の前の座席に、健一がいないことに気がついた。

(また、写真を撮りに行ったらしい)

と思ったのは、カメラもなくなっていたからである。

健一は、鉄道好きのクラスメイトに、このスーパー「おおぞら」の写真を撮って来てやると、約束したらしい。それで、しゃかりきになって、写真を撮りまくっているのだろう。

亀井は、煙草に火をつけ、うまそうに一服した。十津川警部もそうだが、なかなか煙草がやめられない。

一本目が灰になっても、健一は戻って来なかった。

亀井は、急に不安を覚えた。列車中を飛び廻っていて、怪我でもして、動けずにいるのではないか。

このグリーン車にしても、他の車両と、五十センチの高低差があるので、つまずく人もいる。

亀井は、席を立つと、まず、先頭車に向かって通路を歩いて行った。座席の一つ一つをのぞくようにして、見て歩いた。

先頭車両まで行ったが、健一の姿は、見つからなかった。

今度は、最後尾に向かって、歩いて行った。

途中で、車掌長に会ったので、健一のことを話した。身長や顔立ち、それに、服装、カメラを持っていることなどを、説明した。

「その子なら、見ましたよ」

と車掌長はいった。

「本当ですか？　どこにいました？」

「一番うしろの車両で、写真を撮っていましたよ」

と車掌長はいう。

新しいこの「おおぞら」は、運転席が、左に寄っているので、右側の座席からは、景色がよく見えるのだ。

健一は、そこへ行って、写真を撮っていたらしい。

「しかし、もう真っ暗だから、写真は、撮れないんじゃないかな」

「新夕張《しんゆうばり》辺りを走っているときに、見かけたんですよ」

と車掌長はいった。

（今ではないのか？）

と亀井はがっかりしたが、車掌長には礼をいって、最後尾の車両まで歩いて行った。

しかし、健一の姿はない。

亀井の顔が、青くなった。嫌なことを想像して、背筋を冷たいものが走っていく。

亀井は、グリーン車の乗務員室をノックした。

さっきの車掌長が顔を出した。

「ああ、あなたですか？　お子さんは、見つかりましたか？」

ときく。

「それが、見つからないんですよ。どうかしたんじゃないかと、心配なんです」

「一緒に、探しましょう」

と車掌長はいってくれた。

亀井は、車掌長と二人で、もう一度、列車内を、端から端まで歩いてみた。

だが、いぜんとして、健一は見つからなかった。

「車内には、いませんね」

と車掌長はいう。

「しかし、どこかへ行くはずもないんですよ。釧路へ行くことは、わかっているんだから」

「ひょっとすると、帯広で、降りてしまったのかもしれませんよ」

「帯広ですか」

「ずいぶん、写真が好きなお子さんのようでしたから、帯広に停車したとき、ホームに降りて、写真を撮っていたんじゃないですかね。夢中になって撮っているうちに、この列車が発車してしまった――」

「そうかもしれませんが、しかし、帯広駅に連絡する方法がありますか？」

と亀井はきいた。

「いや、走行中のこの列車からはできません。釧路に着いたら、すぐ帯広駅へ電話して、聞いてみますが」

「あと、どのくらいですか？」

「今、二〇時二一分ですから、あと、三十六分で釧路へ着きます」

と車掌長はいった。

あと、三十六分といっても、じっと座席に座って、釧路に着くのを待っているわけにはいかなかった。

無駄とはわかっていても、もう一度、列車の中を見て廻った。もちろん、健一が見つかるはずもなく、疲れ切って、グリーン車の自分の席に戻った。

（おや？）

と亀井が、眼を光らせたのは、向かい合わせにした健一のいた座席に、白い封筒が置いてあったからである。さっきまでは、なかったものだった。

こんなときにも、刑事としての意識が先走って、手袋を取り出し、それを手にはめてから、封筒をつまみあげた。

中身を取り出す。白い便箋に、ボールペンで字が書いてあった。

〈あなたの子供は、預かった。

騒ぎ立てると、子供の命は保証できない。

静かに、連絡を待て。
釧路の水島《みずしま》家に、連絡する。

K〉

釧路の水島というのは、これから行くことになっている親戚の家の姓だった。相手はそこまで、知っているのだ。

亀井は、その封書を二つに折って、上衣のポケットにしまった。

二〇時五七分。定刻に、「おおぞら9号」は、終点の釧路に着いた。

車掌長が、亀井のところにやって来て、

「すぐ、帯広に電話しますから、駅舎で、待っていてくれませんか」

という。

「頼みます」

と亀井はいった。

座席に置かれていた脅迫状は、あるいは、いたずらかもしれない。いたずらなら、健一は、帯広駅にいる可能性があったからである。

車掌長が、釧路駅の助役に頼み、助役が、電話してくれることになり、亀井は、その結果を駅長室で待たせてもらった。

助役は、健一の名前や特徴を、帯広駅に説明していたが、「そうですか」と、声を落として、電話を切った。

助役は、亀井の方を向いて、気の毒そうに、

「向こうでは、誰も見かけなかったといっていますね」

といった。

「そうですか。どうも、ありがとうございます」

「しかし、帯広にいないとすると、息子さんは、どこへ行ってしまったんですかね」

助役は、不思議そうに首をかしげている。

亀井は、黙って考えていた。

自分は、健一の父親でもあり、同時に刑事でもある。いたずらに狼狽《ろうばい》してはいけないと、自分にいい聞かせた。もちろん、何としてでも息子の健一を助け出したい。

(犯人の心当たりがあればいいんだが)

と思った。

そうなら、どんな要求をしてくるかの見当もつくのである。

亀井は、ともかく、妻の待っている親戚の家へ行くことにした。犯人も、そこへ、連絡してくると書いているからである。

水島家は、釧路駅から、車で十四、五分のところにあった。

当主の水島徹《とおる》は、亀井と同じ四十五歳で、市役所へ勤めるサラリーマンである。

亀井が、水島に一年ぶりのあいさつをしていると、妻の公子が変な顔をして、

「健一は、どうしたんです？」

ときいた。

亀井は、黙って、公子を家の外へ連れ出して、事情を説明し、犯人の置き手紙を見せた。

日頃、気丈だと思っていた公子だが、さすがに蒼白《そうはく》になって、

「どうしたら、いいんですか？」

と声をふるわせた。

「とにかく、内緒にしておくわけにはいかないからね。犯人は、ここへ連絡してくるといってるんだ」

二人は、家の中に入ると、亀井が列車内の出来事を話した。

水島も、彼の妻もびっくりして、

「すぐ、警察へ知らせるかね？　もし、犯人が、金を要求してきたら、多少なら、私が用立ててあげられるが」

と水島はいった。

「そのときは、頼むよ」

「警察へは、どうする？」

「それを、考えているんだ。いつも、おれは、誘拐事件が起きると、その家族に、警察を信頼して、すぐ知らせてくれといっていたんだがね。いざ、自分が、その立場になると難しい」

「警察に知らせるのは、やめるかね？」

「いや、連絡はしたいが、犯人は、おれたちと同じ『おおぞら』に乗っていたと思われるんだよ」

「そうだな。置き手紙をしたんだからな」

「とすると、犯人は、釧路でおりて、この家を見張っている可能性もある。もし、警察がやってくると、おれが警察に連絡したと気付いて、健一が、危なくなるかもしれない」

「ああ、そうだ」

「どうするかな」

亀井は、腕を組んで考え込んだ。

ここに、十津川警部がいたら相談するのだが、彼は東京だし、電話して、心配をかけたくはない。

「とにかく、釧路署には、知らせておかなければいけないだろうな」

亀井は、そう思った。ここへやって来るときには、注意してほしいといえば、慎重に行動してくれるだろう。

「電話を借りるよ」

と亀井が水島にいったとき、突然、電話が鳴った。

(犯人からか？)

と思って、亀井は、受話器をつかんだ。

「もし、もし」

というと、相手は、

「私だよ」

「ああ、警部ですか」

「健一君が、誘拐されたようだね」

「えっ」

と亀井はびっくりして、

「警部は、なぜ、ご存知なんですか？」

「ついさっき、犯人と称する男から、私のところに電話があったんだよ。釧路へ行く列車の中で、亀井刑事の息子を誘拐したというんだ。最初は、いたずらだと思ったが、君が今日、釧路へ行くのを知っていたし、水島という親戚の家のことも知っていた」

「それで、警部に、犯人は、何といったんですか？」

「奴は、こういったよ。君に騒ぎ立てるなといったが、生まじめな亀井刑事のことだから、必ず、釧路署へ知らせるだろう。そうなると、子供を殺さなければならなくなる。そんなことはしたくないから、上司の私から、君に、静かにしているように忠告してくれというのさ」

「そんなことを、いったんですか？」

「健一君が、誘拐されたのは、本当なんだね？」

と十津川がもう一度きいた。

「本当です。私が列車の中で、居眠りをしたのがいけなかったんです」

亀井は、改めて自分を責めた。

「仕方がないさ。まさか、列車の中から、子供が誘拐されるとは思わないからね」

と十津川はなぐさめるようにいってから、

「それで、君はどうするつもりだね？」

「警部は、どうしたらいいと思われますか？」

亀井は、逆にきいた。正直にいって、亀井には、自分で、どうしたら最善なのか、わからなくなっていた。

「じっとして、相手の出方を待つかね？」

と十津川はいった。

「釧路署に、知らせずにですか？」

「君は、犯人に心当たりは、ないのかね？」

「まったくありません」

「しかし、犯人は、君の息子を狙って誘拐した。金が目的とは思えない」

「そうですね。私には、金なんかありません」

「とすると、犯人の目的は、他にあるんだ。それを聞いてから、どうするか決めていいんじゃないかな。あるいは、私にも関係のあることかもしれない。そうなると、釧路署では、解決できないからね」

「わかりました。このまま、相手の出方を見てみます」

と亀井は声を殺していった。

## 3

その夜、午後九時に、やっと男から電話が入った。

「おれは、Kだ」

と男はいった。意外に、甲高い声に聞こえた。

亀井は、水島が用意してくれたテープレコーダーのスイッチを入れてから、

「息子は、大丈夫か？」

と、きいた。

「大丈夫だ。元気にしている」

「それなら、声を聞かせてくれ」

「こちらの指示を、あんたの息子に読ませる。よく聞くんだ」

と男はいった。

間を置いて、健一の、メモを棒読みするような声が聞こえた。

——明日ノ朝、午前八時ニ、マタ電話スル。

警察ニハ、連絡スルナ。指示ニ従ワナイト

息子ヲ殺ス

「健一か？」

と亀井がきいた。

「うん」

「大丈夫か？」

「大丈夫だよ」

と健一が短く答えたとき、受話器を横から取ったらしく、男の声になって、

「明朝八時に、また電話する」

「なぜ、そんなに間を置くんだ？　要求があれば、なぜ、今いわない？」

「あんたは今、気が立っている。だから、ゆっくり一晩寝かせて、冷静になってもらおうと思っているだけだよ」

「健一を、一晩、どこに置くつもりだ？」

「暖かい場所で、食事もちゃんと与えるよ。おれは、子供が好きなんだ。殺したりはしない。ただし、そっちの出方で、おれの気が変わるかもしれないがね」

「安心しろ。何もしない」

と亀井はいった。

電話が切れた。

「健一は、大丈夫なんですか？　あなた」

公子が、青白い顔で亀井にきいた。

「大丈夫だ。元気だったよ」

と亀井はいい、巻き戻したテープを、公子や、水島夫婦に聞かせた。

電話機にうまく接続できないので、向こうの声は鮮明ではないが、それでも、聞こえることは聞こえた。

「男は、明日、おれに、何かやらせようというのかもしれない」

と亀井はいった。

金が目当てなら、今、その金額を、男はいっているだろう。第一、それなら、もっと有名な資産家の息子を誘拐しているだろう。

「何をやらせたいんだろう？」

心配して、水島がきく。

「わからないな。おれが他の人と違うところといえば、おれが刑事だということぐらいだからね。刑事としてのおれを、何かに利用しようと思っているのかもしれないね」

「今日一日、健一は、大丈夫でしょうか？　外は零下何度という寒さですわ」

公子は、声をふるわせた。

確かに、この釧路では、夜は、零下二十度にも、三十度にもなるかもしれない。

亀井は、公子を安心させるように微笑して、

「犯人にとっては、大事な人質なんだ。そんなところへ放り出しておくことはしないよ。放り出したら、あの子のことだ。さっさと逃げ出すよ」

「すぐ警察に連絡して、健一を探してもらったら、どうかしら？」

「お前が、そうしたいというのなら、すぐ、釧路署へ電話するよ」

と亀井はいった。

亀井だって、このまま、じっと、明日の八時まで待つのは、嫌なのだ。

公子は、考え込んでしまった。

「いえ。じっとしているのがいいかもしれませんわ。健一が殺されでもしたら、大変ですもの」

「いや、やはり、連絡はしておくべきだよ。あと十二時間も、地元の警察に黙っているのはいけない。ただ、しばらくは、おれの考えるとおりにさせてもらうがね」

と亀井はいった。

亀井にも、どうしたらいいか、わからないのだ。

犯人が、今夜、何か要求してくるのなら、十津川がいうように、まず、相手の出方を見ることにしたろう。だが、明朝まで待たされるのでは、地元の警察に話をしておかなければならない。あとで、問題になるかもしれないのだ。

亀井は、電話をとった。

## 4

すぐ、刑事が二人、やって来た。

一人ずつ、裏口から入って来ると、それぞれ山本《やまもと》、高木《たかぎ》と名乗った。

「大変なことでしたね」

と二人はいった。

亀井は、改めて事情を説明してから、

「しばらくは、私のやりたいようにさせてほしいんです。相手の出方を見るという形にです」

といった。

年長の高木刑事が、

「結構です。ただ、事件がどう動いているかだけは、われわれは、知っていたいと思っています」

「それは、警察としては当然ですよ」

「今夜、ここに泊めてもらってかまいませんか？　急に、犯人が何かいってくるかもしれませんから」

ともう一人の刑事がいった。

水島の妻が、みんなにお茶とコーヒーを出してくれた。

亀井は、コーヒーを二杯、飲んだ。

釧路署の刑事は、持って来たテープレコーダーを、電話に接続させた。

彼らは、交代で眠った。が、亀井は眠れなかった。

夜明け近くに、うとうとしただけである。

午前八時きっかりに、電話が鳴った。

「お早う」

と男が人を食ったあいさつをした。

「健一は、無事か？」

亀井がきいた。

男の返事の代わりに、昨日と同じように、メモを読む健一の声が聞こえた。

——午前九時三分発ノ「おおぞら6号」ノグリーン車ニ乗レ

「健一だね？」

「うん」

「元気か？」

「元気だよ」

と健一がいったとたんに、電話は切れてしまった。

「こん畜生！」

と亀井は思わず怒鳴った。

「これでは、逆探知は、無理ですね」

高木刑事がいった。

恐らく犯人は、亀井が釧路署に連絡したものと考え、短く切ったのだ。

「どうしますか？」

と山本刑事がきいた。亀井は、何をいうのかという顔で、

「もちろん、この列車に乗りますよ」

といった。

高木が、釧路署に連絡している。

亀井は、外出の支度をしながら、公子に、

「あとで、十津川警部に電話して、事態を話しておいてくれ」

と頼んだ。十津川も、きっと心配しているに違いなかったからである。

八時十五分には、亀井は、もう家を出て、タクシーを拾った。

釧路駅には、八時半に着いてしまった。

寒い。が、快晴だった。吐く息が白く、空気が冷たいので、耳が痛かった。

亀井は、一応、札幌までの切符を買いながら、

（また、スーパー特急か）

と思った。

午前九時〇三分釧路発の「おおぞら6号」も、昨日、乗って来た「おおぞら9号」と同じで、帯広、千歳空港にしか停車しないのである。この列車に亀井を乗せて、犯人はどうする気なのか？

釧路駅の正面には、誇らしげに、「特急大増発、スピードアップ、新製特急車両導入」の大きな看板が、かかっていた。

これから、亀井が乗ろうとしている「おおぞら6号」は、この新製特急車両に当たるのだろう。

亀井は、内ポケットに入れたトランシーバーのスイッチをオンにしてから、改札口を通り、1番ホームに歩いて行った。

トランシーバーは、釧路署で、どうしても、持って行くようにいった道具である。ということは、釧路署の刑事も同じ列車に乗り込んで来るということだろう。

亀井は、釧路署のそうした動きを、強《し》いて制約する気はなかったが、亀井自身が、犯人に対して行動を起こすまで、見守っていてくれるようには頼んでおいた。

札幌行きの「おおぞら6号」は、すでに1番線に入っている。

亀井は、ホームのベンチに腰を下ろし、気持ちを落ち着かせようと、煙草に火をつけた。

そっと、ホームを見廻すと、釧路署の高木刑事が来ているのがわかった。あれから急いで、釧路駅にやって来たのだろう。

ホームには、十五、六人の乗客がいたが、その中に、犯人がいるのかどうかは、見当がつかなかった。

できれば、その一人一人を捕えて、ぶん殴ってでも、健一を誘拐した犯人かどうか、問いただしてやりたかった。

二分前になったので、亀井は、グリーン車に乗り込んだ。

窓際の席に腰を下ろして、ホームを見ると、他の車両より、五十センチ床が高いので、ホームにいる人たちが、ずいぶん低く見える。

高木刑事も、同じグリーン車の隅の椅子に、腰を下ろした。

ホームに、「蛍の光」のメロディが流れて、「おおぞら6号」は、釧路駅を出発した。

これから、帯広、千歳空港と停車して、終点の札幌に着く。

（犯人は、どうやって、おれに連絡してくるつもりなのだろう？）

と亀井は考えた。

それに、何が狙いなのかもわからない。

身代金が目的ではないのは、わかっていた。亀井には、金がないし、身代金が欲しいのなら、とっくに、金額を電話でいって来ているだろう。

窓の外の景色から、釧路の市街が消えて、北海道らしい原野に変わった。一面の雪景色である。

眩《まぶ》しい。亀井は、サングラスを取り出してかけた。

亀井は、腕時計を見た。

九時十二分になっていた。あと二時間近く、この列車は、停車しないのだ。

グリーン車には、十五、六人の客がいるだけである。

（この中に、犯人がいるのか？）

だが、今のところ、亀井を見ている乗客はいない。

車掌が、車内改札にやって来た。

だが、何も起きないままに、時間がたっていく。

緊張のせいか、トイレに行きたくなって、席を立った。

通路を歩きながら、何気ないふりで、グリーン車の乗客の一人一人を観察してから、自分の席に戻った。

わからなかった。怪しいと思えば、乗客全員が不審に思えてくる。普段の事件のときなら、もっと冷静になれるのだが、息子が誘拐されてみると、どうしても冷静になれない。

一時間、すぎた。

列車は、相変わらず、原野の中を走り続けている。が、犯人からの連絡はなかった。

(何をしてるんだ！　早く連絡して来い！)

と大声で叫びたくなる。

高木刑事が、ちらちら、こちらを見ていた。

彼も、いら立っているのだろう。

さらに一時間ぐらいして、車内販売の女の子がやって来た。

亀井の傍で、止まると、

「これを」

といって、缶ジュースと、コースターをくれようとする。

「今、いらないんだ、悪いけどね」

亀井は断わった。缶ジュースどころではなかったからである。

「それ、お届けものです」

と女の子がいう。

「お届けもの？　何のことだね？」

「そのコースターに、伝言が書いてありますけど」

と女の子がいった。

「伝言？」

亀井は、丸いコースターを手に取った。

ボールペンで、字が書いてある。ひと目で、健一の字とわかった。

〈お父さん、

僕は、元気ですから、安心して下さい。

お願いですから、いうことを、聞いて下さい〉

と書いてある。

亀井は、裏を返してみた。そこには、大人の字で、こう書いてあった。

〈子供を助けたかったら、まず、次の帯広で釧路署の刑事を降ろせ。そのあと、届けた缶ジュースを飲め。おれを、探そうとしたりすれば、子供を殺す〉

## 5

間もなく、帯広だった。

亀井は、迷った。二つのやり方があったからである。

犯人の指示どおりに動くか、それとも、車内販売の女の子を問い詰めて、このコースターと缶ジュースを預けた人間を聞き、車内を探すかである。

刑事としては、後者のほうをとりたい。

しかし、犯人が、どこで見ているか、わからなかった。

犯人も逮捕したいが、息子も助けたいのだ。

亀井は、迷った末、高木刑事のところへ行って、コースターを見せた。

高木は、両面の文字を読んでから、亀井の手に持っている缶ジュースを見た。

「犯人の指示に従うつもりですか？」

と高木がきいた。

「ここは、北海道ですからね。最終的な決定権は、あなた方にある。ただ、できれば、私の思いどおりにさせて下さい」

と亀井はいった。

「その缶ジュースの中に、何が入っていると思うんです？」

「わかりませんが、私を殺す気じゃないでしょう。それなら、息子を誘拐せずに、直接、私を狙うと思います」

「あそこにいる車販嬢が、これを持って来たんですか？」

「そうです」

「あの子を捕えれば、犯人がわかるんじゃありませんか？　これは、犯人を逮捕するチャンスかもしれませんよ」

「それも考えましたが、万一が怖いんです」

と亀井はいった。

「わかりました。次の帯広で、降りましょう」

「釧路署の刑事は、他にも乗っているんですか？」

「隣りの4号車に、一人乗っています。彼にも、帯広で降りるようにいいましょう」

と高木はいった。

亀井は、トランシーバーを、高木に返すと、自分の席に戻った。

車内販売の女の子は、もう隣りの車両へ行ってしまっていた。

列車は、帯広駅に着いた。

高木刑事が、ホームに降りていくのが見える。もう一人のコート姿の男が、4号車から降りて来て、高木と話をしていた。あの男が仲間の刑事なのだろう。

二人は、さすがに亀井の方へは振り返らず、そ知らぬ顔でホームを歩き出した。

一分停車で、「おおぞら6号」は、帯広を出発した。

グリーン車は、相変わらずがらがらだった。スーパー「おおぞら」は、魅力的な列車だが、時間帯が悪いせいで、すいているのかもしれない。

亀井は、もう一度、コースターに書かれた文字を読んだ。

健一の字を見ると、何としても助けてやりたいと思う。また、それを狙って、このコースターに書かせたのだろう。

亀井は、コースターをポケットに入れてから、缶ジュースを見た。

ふたのところが、小さく開いている。そとから、何かを混入したことは間違いない。

（まさか青酸カリを入れてはいないだろう）

と思った。

殺す気なら、高木刑事にいったように、こんな面倒なことはしないだろう。拳銃で亀井を射てばいいのだ。

とすると、睡眠薬か？

眠らせておいて、何をする気なのか？

拳銃は持っていない。あと、持っているのは、警察手帳と免許証である。それを奪う気なのか？

亀井は、グリーン車にある乗務員室に行き、車掌に会った。

「これを預かって下さい」

と亀井は警察手帳と免許証を相手に渡した。

車掌は、びっくりした顔になった。

「なぜ、これを？」

「とにかく、預かっておいて下さい。理由は、あとで話しますが、私以外の誰が来ても、絶対に渡さないで下さい」

と亀井は念を押した。

車掌は、わけがわからない様子だったが、それでも、亀井の気勢に押されたように、

「わかりました」

と肯いた。

亀井は、ほっとして、自分の席に戻った。

あの二つの他に、奪われて困るものはなかった。財布の中に、六万円ばかり入っているが、このくらいの金は、取られても、どうということはない。第一、財布を奪うために、子供を誘拐したりはしないだろう。

亀井は、窓の外に眼をやった。

広大な十勝《とかち》平野が広がっている。黒く見える森林の他は、白い、雪の原野である。

ときどき、ぽつんと見えてくる農家は、雪の中に、孤立しているようだ。

これから、狩勝《かりかち》峠の登りになるのだろう。急に、ジーゼルエンジンの音が、大きくなった。

それが、亀井をせき立てているように感じられた。

犯人が、どこで見ているのかわからないが、もし亀井が、問題の缶ジュースを飲ま

なかったら、次の千歳空港駅で、健一を殺す指示を出すだろう。

亀井は、覚悟して、ジュースを飲んだ。

甘かった。青酸は入っていないようだった。

(死ぬことは、なさそうだ)

とりあえず、ほっとした。

煙草に火をつける。意識もはっきりしている。

窓の外に、山脈《やまなみ》が迫ってきた。雪を避けるシェルターとトンネルが続く。北海道の屋根といわれる狩勝峠にかかったのである。

窓の外が、雪になった。粉雪が飛ぶ。

それを見ているうちに、少しずつ意識が濁ってきた。

身体全体が、だるくなってくる。

(やはり、睡眠薬か)

と思った。

洗面所へ、顔を洗いに行こうかと思ってから、やめてしまった。犯人は、亀井を眠らそうと考えたのだ。健一を助けるまでは、それに逆らってはいけないだろう。

また、トンネルに入った。

亀井の頭が、重く、垂れてくる。眠くなって眼を閉じた。

(これから──どう──なる──のか?)

# 第二章　殺人

## 1

亀井は、夢を見た。

場所はわからないが、子供がたくさんいた。五人、十人、二十人、いや、百人くらいはいるだろう。

みんな健一に似ているのだが、能面のような無表情さで、亀井を見つめている。

「健一！」

と、呼ぼうとするのだが、なぜか声が出ない。

急に、眼がさめた。

いや、無理に起こされたといったほうがいいだろう。
誰かが、しきりに、亀井の身体をゆすっているのだ。
ガヤガヤと、やたらにやかましい。
亀井は、眼を開く。いや開かされた。
血の匂いがした。そして、自分をのぞき込んでいるたくさんの眼。
「亀井さん。亀井刑事！」
と誰かが怒鳴った。
亀井は、立ち上がった。頭がやたらに重く、痛む。
それでも、眼を強く見開いた。
右手が重いので、眼をやると、血まみれのナイフを持っているのだ。
あわてて、それを放り投げた。
「亀井さん」
と眼の前の男がまた呼んだ。
（しっかりしなければいけない。健一を助けなければいけないんだ）
亀井は、自分にいい聞かせ、頭を振った。
「息子が――健一が――」

と亀井は呟《つぶや》いた。あれから、どうなったのか？

「わかっています」

眼の前の男が、いった。

「何を、わかってるんだ？」

と亀井はきいた。

だんだん、意識がはっきりして、周囲が見えてきた。

まだ、列車の中なのだ。

「息子さんは、必ず見つけます」

と、また眼の前の男がいう。

「君は、誰だ？」

「道警の佐々木《ささき》といいます。佐々木刑事です」

「頼みます。健一を見つけて下さい」

「わかっています。しかし、われわれは、あなたを逮捕しなければなりません」

「なぜ、おれを？」

と亀井がきいた。

小さな人垣が、亀井を見つめている。その中から怒声が飛んで来た。

「警察の仲間だから、手心を加えてるのか！」

「早く、手錠をかけろ！」

「札幌まで行くのに、遅れちゃうわ」

「申しわけありませんが、逮捕します」

ともう一度、眼の前の男がいい、亀井の両手に手錠をかけた。

「早く連れてけよ！」

と人垣の中の男が怒鳴った。

「来て下さい」

と刑事がいった。

「どうなってるんだ！」

今度は、亀井が怒鳴った。

もう一人の刑事が、亀井の腕をつかんで、強い力で引っ張った。

「どこへ行くんだ？　おれは、息子を助けなきゃならないんだ！」

引きずられながら、亀井が叫ぶ。

佐々木という刑事は、暗い表情で、

「お子さんのことは、われわれに委《まか》せて下さい」

「相手を殺したりしなきゃあ、監禁場所を聞き出せたのにさ。東京の刑事も、馬鹿なことをやるよ」

ともう一人が吐き捨てるようにいった。

「何のことだ？」

亀井が、背の高い刑事を睨《にら》んだ。

「いいから、降りて」

と相手はそっけなくいった。

列車から、ホームに降りた。

ホームには、毛布をかぶせた死体が二つ並べてあった。顔は、毛布に蔽《おお》われてわからないが、男と女のようだった。

「これは？」

と亀井が、きいた。

「あんたが殺した仏さんだよ」

と背の高い刑事がいった。

## 2

千歳警察署へ連れて行かれても、亀井は、まだ、事態がよく呑み込めなかった。

手錠は外されたが、扱いは殺人容疑者だった。

三浦《みうら》という若い警部が、取調室に亀井を連れて行った。

「なぜ、あんなことをしたんだ？」

と三浦は憐《あわ》れむような眼で亀井を見た。

「あんなことって、何です？」

と亀井がきくと、三浦は、小さく舌打ちをした。

「僕はね。あんたに同情している。子供を誘拐されて、カッとなって、思わず相手を殺してしまった。その気持ちはわかるんだ。だから、正直に話してくれと、いってるんです」

「息子が誘拐されたのは、本当ですよ。しかし、殺したとか何とか、わけがわかりませんね」

「困った人だ」

三浦は、また舌打ちをして、テーブルの上に、血まみれのナイフやコースターなどを並べていった。

「いいか、よく見るんだ。このナイフは、君が、右手に握っていたものだ。柄《え》には、君の指紋が、びっしりついている。これで、君は、カッとして二人の男女を刺し殺したんだよ」

「まったく、覚えていませんよ」

「次は、君のポケットに入っていたコースターだ。覚えているね？」

「覚えていますよ。車内販売の女の子が、持って来たんだ。私の息子を誘拐した犯人の伝言が書いてあった。表は、息子の伝言だった」

「読んでみたまえ」

と三浦がいう。

亀井は、そのコースターを、手にとった。

〈パパ。僕、殺されそうだよ。

助けて。お願いだから、助けて。この人たちは、僕を殺す気だよ〉

「違います！」

と亀井は三浦を見た。

「違うって、息子さんの字と、違うということかね？」

「息子の字は字です。しかし、私が、あの『おおぞら』の中で渡されたコースターに書いてあった文じゃありません」

「わからんね。裏も、読んでみたらどうだね」

と三浦にいわれて、亀井は、コースターを裏返した。

〈ガキは、間もなく、くたばるぞ。死なせたくなかったら、おれたちのいうとおりにしろ。この列車を乗っ取るんだ。お前は、車掌を殺せ。指示どおりにしなければ、ガキは死ぬぞ〉


「これも違う！」

「どう違うんだね？」

「こんな文面じゃなかった。同行している刑事に降りてもらえ。それから、缶ジュースを飲めと、書いてあったんですよ。だから、一緒にいた釧路署の刑事には、帯広で降りてもらって、缶ジュースを飲んだんですよ。そうしたら、睡眠薬が入っていたとみえて、眠ってしまったんです」

「これは、何だか、わかるかね？」

三浦は、机の上のハンカチをつまんで、亀井に見せた。

隅に、K・Kとイニシアルが入っている。

「それは、息子のハンカチです。イニシアルは家内がミシンで入れたんです」

「血がついているのが、わかるかね？　この黒いしみだ」

「ええ」

「君は、犯人たちに、これを見せられて、余計、カッとしてしまったんだ。犯人たちは、君に列車のハイジャックをやらせようとする。当然、君は、反対する。そして、最後には、君は、犯人二人をナイフで刺して殺したんだ」

「そんなことは、しませんよ」

「同じグリーン車の乗客の証言があるんだよ。君が血まみれのナイフを持ち、ふらふらとデッキの方からあがって来て、座席に倒れ込んだ。何があったのかと思い、デッキを見てみると、男と女が血を流して死んでいたと証言しているんだよ」

「覚えていませんよ」

「殺した時間だけを、忘れてしまったのかね？　そんなに都合よく忘れるものかね？」

「私は知らない。第一、あの男と女は、私の知らない人間ですよ」

「それは、当然だろう、君の子供を誘拐して、はじめて、関係ができたんだからね」

「考えさせて下さい」

「いいとも、考えて、すべて話してくれなきゃ困る」

「車内販売の女の子にきいて下さい。彼女が、コースターの文字を覚えていますよ。一緒に、缶ジュースを私に渡したこともね」

「きいてみよう」

「それから、車掌だ。私はあの列車の車掌に、警察手帳と免許証を渡したんです。私は、缶ジュースの中に睡眠薬が入っていて、犯人が、私の眠っている間に、警察手帳を盗むんじゃないかと思ったからですよ」

「その警察手帳と免許証は、これじゃないのかね？」

三浦は、二つをテーブルの上から取りあげて、亀井に見せた。

間違いなく、亀井の警察手帳と免許証だった。

「これは、どこにあったんですか？　車掌が返したんですか？」

「何をいってるんだ。君のポケットに入っていたんだよ」

「そんなはずはありません。車掌にきいて下さい」

「ああ、きいてみよう」

「それから、釧路署の高木という刑事にも、きいて下さい。彼には、コースターの文字を見せましたから」

と亀井はいった。

「それも、きいておくよ」

「それで、死んだ男と女は、どこの誰なんですか？」

「これから、二人の身元を調べるんだ。一人でも生かしておいてくれれば、君の息子さんの居所を聞けたのに」

「その二人が、私の息子を誘拐したというのは、間違いないんですか？」

「このハンカチは、二人の死体の傍に落ちていたんだよ。それに、男のポケットにこれが入っていた」

三浦は、防水時計を亀井に見せた。国産の三万円のものだった。

「見覚えは？」

と三浦がきく。

「私が、去年の息子の誕生日に買ってやったものです」

## 3

事件は、その日の夕刊に大きく報道された。

〈現職の刑事、わが子の誘拐犯を刺殺！〉

そんな見出しだった。

千歳空港に、西本《にしもと》刑事と一緒に着いた十津川は、空港の売店でその夕刊を買った。

「ひどいもんですね。亀井刑事が、こんなことをやるはずがないのに」

西本は、若いだけに腹を立てた。

「早く、カメさんを助けないと、もっと、ひどく書かれるようになるかもしれんよ」

と十津川はいった。

二人は、タクシーを千歳警察署へ飛ばした。

東京は晴れていたが、ここは、粉雪が舞っている。

この事件を担当している三浦警部に会うと、十津川は、まず、

「なぜ、もっと早く知らせてくれなかったんですか？」

と不満を口にした。

事件が起きたのは、昼の十二時五十分から一時にかけてなのに、東京の十津川に連絡があったのは、午後三時を過ぎていたからである。
三十五、六歳に見える三浦は、
「確かめなければならないことが、いくつかありましたからね」

といった。

「しばらく、事件を伏せておくことは、できなかったんですか？」

十津川がきくと、三浦は、肩をすくめて、

「そりゃあ、われわれだって、現職の警官の不祥事ですからね。伏せられるものなら、伏せておきたかったですよ。しかし、なにぶんにも列車内の事件で、すいていたといっても、乗客はいたし、死体が二つも転がっていては、隠しようがないんです」

「警官の不祥事といわれたが、亀井刑事は、人殺しのできる男じゃありませんよ」

十津川がいうと、三浦は、また肩をすくめて、

「お気持ちは、わかります。私の部下が人を殺しても、今のあなたと同じようにいう

でしょうね。しかし、事実は認めなきゃなりません」

「どんな事実です?」

「亀井刑事が、二人の人間を殺したという事実ですよ。凶器もあるし、証人もいます」

「それを、見せてもらいたいですね。証人にも会いたい。その前に、まず亀井刑事に会わせてもらえませんか」

「いいでしょう」

と三浦はいった。

十津川が廊下に出ると、西本刑事が、

「今、カメさんの奥さんに会いました」

「奥さんも、こっちへ来ているんだ。私は、これからカメさんに会って、話を聞くよ」

と十津川はいった。

## 4

取調室で、十津川は、亀井に会った。

亀井は、疲れ切っているように見えた。

「どうも、ご迷惑をおかけして」

と亀井が詫《わ》びた。

「私たちは、カメさんがやったとは思っていないよ」

「ありがとうございます。実は、私のことより、息子の健一のことが心配で」

「息子さんは、道警が捜してくれるそうだ。私は、君のほうが心配だよ。誘拐犯から私に電話があった。そのあとのことを、くわしく話してくれないか」

「翌朝、今日ですが、犯人の指示で、『おおぞら6号』に乗りました」

と亀井はいった。

亀井は、そのあと、車内販売の女性から、コースターと缶ジュースを貰ったこと、コースターに書かれていた文面のこと、缶ジュースを飲んだら、頭が重くなって来たことなどを、十津川に話した。

「そのくせ、肝心のことを、まったく覚えていないんです。いつ、ナイフを持たされたのか、車掌に渡したはずの警察手帳が、なぜ、ポケットに入っていたのかといったことを、覚えていないんです」

「缶ジュースの中に、睡眠薬が入っていたことは、間違いないね」

「そう思います。ただ、私が血まみれのナイフを持って、デッキから這うように出て来て、座席に倒れ込んだのを見たという、乗客がいるんです。となると、睡眠薬だけではなかったかもしれません」

「そうだな。車内の空缶を、全部、回収して調べれば、何かわかるだろう。それから、車内販売の女の子や車掌にも会ってみるよ」

「それから、釧路署の高木刑事からも、話を聞いて下さい」

「わかった」

と十津川はいった。

その日の夜中近くになってからである。

千歳署に泊めてもらった十津川は、三浦警部から、

「いい知らせがあります」

といわれた。

「亀井刑事の息子のことですか？」

「そうです。見つかりました」

三浦は、ニコニコしながらいった。

「どこに、いたんですか？」

「帯広です。駅から車で四十分ほどの農家に監禁されていました。農家といっても、住人は、都会に出てしまって、人は住んでいませんでしたが」

「よく見つかりましたね？」

と十津川がいうと、三浦は、満足そうに、鼻をうごめかせて、

「死んだ男女の男のポケットに、帯広の地図が入っていたので、帯広署に電話して、しらみつぶしに捜索してもらったんですよ。それで、見つかりました」

「どんな状態なんですか？」

「生命に別状はないが、かなり、衰弱しているようで、帯広の病院に入院させました」

「亀井刑事には？」

「知らせましたよ」

と三浦はいってから、

「特急『おおぞら6号』の車掌や、車内販売の女の子は、明日の午後、札幌から、ここへ来てくれるそうです。それまでゆっくり休んで下さい」

といった。

## 5

十津川は、ひと安心して、眠ることができた。

翌朝、起きると、千歳署で、コーヒーとトーストを用意してくれた。その横に朝刊が置いてあった。

十津川は、西本と新聞に眼を通しながら、朝食をとった。

「カメさんの子供が救出されたことは、まだのっていませんね」

と西本がいった。

「今頃、帯広署には、新聞記者が押しかけてるよ」

「新聞は、相変わらず、亀井刑事が殺人犯として書いていますね」

「ここの警察も、そう思っているんだから、仕方がないよ」

と十津川は、いった。

〈子を思う親心はわかっても、殺人は殺人〉

〈弁解のきかぬ残酷さ。男女の身体を、何回も刺す〉

そんな文字が、新聞に出ている。

亀井の経歴を、くわしくのせている新聞もあったが、その結びの言葉は、

〈この輝かしい経歴を、血で汚した刑事〉

だった。

午後二時を過ぎて、昨日の列車に乗務していた車掌や、車内販売の女の子が、札幌から来てくれた。

十津川と西本が、彼らから話を聞いた。

まず、春野《はるの》ゆかという車内販売の女の子である。彼女は、二十歳で、N食堂の札幌営業所の所属だという。

「昨日、『おおぞら6号』の車内で、亀井刑事に、コースターと缶ジュースを渡しましたか？」

と十津川がきいた。

「亀井刑事って、新聞に出ていた人ですか？」

「そう」

「それなら渡しました。渡してくれって、頼まれたんです」

「誰にです？」

「女の人。列車の中で死んだ女の人です」

春野ゆかは、青い顔でいった。

「それ、間違いありませんか？」

「今も、死体を見せられたんです。間違いありませんわ」

「彼女は、どういったんですか？　正確に教えて下さい」

「グリーン車に、四十五、六歳で、痩せて、色の浅黒い男がいる。背広の色は、グレー。その男に、これを渡してくれといって、コースターと缶ジュースを預かったんですわ」

「コースターに、字が書いてあったのを覚えていますか？」

「ええ。何か書いてありましたけど、私は、読みませんでしたわ」

と春野ゆかはいった。

十津川は、少しばかりがっかりしたが、

「そのとき、缶ジュースを一緒に預かって、亀井刑事に渡したのは、間違いありませ

ん ね？」

「ええ。間違いありませんわ」

「どうも、ありがとう」

と十津川がいった。

次に、山下《やました》という車掌長に会った。

釧路車掌区の五十三歳のベテラン車掌である。

一人乗務で、「おおぞら」を往復するのだという。

「昨日、亀井刑事が、あなたに、警察手帳と運転免許証を預けましたね？」

と十津川はきいた。

「ええ。預かりました」

と山下車掌長はいってから、

「しかし、ひどい人ですね」

「どこがです？」

「私を信頼して預けたわけでしょう。私は、あまりにも、あの人が真剣な表情をしているので、理由を聞かずに預かったんです。それなのに、そのあと、いきなり私を背後《うしろ》から殴って、警察手帳と免許証を持って行ってしまったんですよ。ひどいじゃありませんか？」

山下は、怒りをあらわにして、十津川にいった。

「あなたを殴ったのが、亀井刑事とどうしてわかるんですか？ 背後から殴られたとすると、顔は、見てなかったんでしょう？」

「それでも、わかりますよ。ここの警察の話では、警察手帳と免許証は、本人が持っていたんでしょう？ それなら、私を殴ったのも、本人ということになるじゃありませんか？」

と山下はいう。

十津川は、それには反論しないで、

「あなたは、殴られたあとどうしたんですか？」

ときいた。山下は、後頭部にそっと手をやって、

「しばらく気絶していましたよ。今でも、殴られたところが痛いんです。気がついて、少ししたら、グリーン車内で悲鳴が聞こえました。行ってみたら、デッキで、男と女が血まみれで倒れていたんです。もう、顔は白っぽかったですね。そして、あの刑事さんが、血まみれのナイフを握って、座席に倒れ込んでいたんです。千歳空港駅に着いたので、すぐ警察を呼んでもらいましたよ」

「その間、亀井刑事は、どうしていました？」

「座席に、倒れ込んだままでしたね。とにかく、大の大人を二人も刺し殺したんだから、きっと疲れ切っていたんだと思いますね」

「グリーン車は、すいていたようですね？」

「ええ。ウイークデイでしたからね。三十パーセントぐらいの乗車率だったと思います」

と山下はいった。

「デッキで、二人の男女が殺されるのに、他の乗客が気がつかないというのは、おかしいとは思いませんか？」

十津川がきくと、山下は、ちょっと考えてから、

「観光シーズンなら、乗客の多くが観光客で、景色を楽しんでいたでしょうから、気がつく割合は高かったと思いますね。しかし、今は、乗客の殆《ほとん》どが、地元のビジネス客なんですよ。景色も見あきているので、たいてい眠っているんです。昨日もそうでした」

「殺された男女ですが、どこから乗ったか、覚えていますか？」

「女性は、釧路からで、男は、帯広からです。ですから、最初は、二人が知り合いと

は思いませんでしたね。あんな事件があったんで、知り合いとわかったんです。そういえば、帯広を過ぎてから、二人がデッキにいるのを見た記憶がありますよ」

「そのとき、他には、誰もいませんでしたか？」

「ええ。そのときはね」

と山下車掌長はいった。

次に、十津川は、釧路署から来た高木という刑事に会った。

高木は、釧路の水島家で、犯人からの電話を、テープにとったことや、「おおぞら6号」に他の刑事と乗り込んだことをいったあと、

「亀井さんの要請で、帯広で同僚も降りました。あんなことになるのなら、ずっと乗っていればよかったんですが」

「コースターの文字は、読みましたか？」

「ええ、亀井さんに見せられました。それで、帯広で降りたんです」

「コースターには、何と書かれていたか、教えて下さい」

「正確じゃないかもしれませんが、表には、亀井さんの息子さんの文字が、書いてありましたね。要するに、助けてくれということで、このほうは、よく覚えていないんです。裏に書かれた犯人のメッセージのほうは、よく覚えています。それは、釧路署

の刑事が乗っていたら、帯広で降ろせと、書いてありましたからね。さもないと、子供を殺すとあったので、私は、帯広で降りたんです」

「それは、間違いないですね？」

と十津川は念を押した。

「ええ、間違いありません。はっきり覚えています」

と高木はいった。

## 6

高木刑事の証言に、十津川は、ほっとした。

今まで、亀井に不利な証言ばかり続いたのだが、やっと、有利な証人が出た感じである。

しかし、亀井が、本当のことを、コースターについては、いっていることが証明されたというだけで、彼のシロの証明にはなりそうもなかった。

それに、健一を誘拐した犯人二人が、第二の要求をコースターに書いて、亀井に渡したと考えれば、高木の証言は、吹き飛んでしまうのである。

何よりも、高木が帯広で降りてしまって、その後の「おおぞら6号」の車内の様子を見ていないことが、彼の証言の意味を失《な》くしていた。

「カメさんが、逮捕されることになるなんて、考えてもみなかったね」

十津川は、憮然とした顔で西本にいった。

「カメさんを恨んでいる奴が、罠《わな》にはめたに決まっていますよ」

と西本は怒ったような顔でいった。

「しかしね。カメさんを恨んでいるだけなら、こんな面倒な手は使わないんじゃないかね。拳銃でも手に入れて、カメさんを狙うんじゃないかね。カメさんの子供を誘拐し、その犯人二人をカメさんが殺したように見せかける。こんな手の込んだ方法をとるのは、ただの怨恨とは思えないんだよ」

「そうなると、どういうことが考えられますか？」

「私にも、まだわからないが、死んだ男女のことを調べていけば、何かわかるかもしれないな」

と十津川はいった。

十津川と西本は、いつまでも千歳警察署の厄介にもなっていられないし、また、それでは、自由な行動もとれないので、空港近くにホテルをとった。

新しく建てられたＳホテルである。

道警の三浦警部には、死んだ男女の身元がわかり次第、教えてくれるように頼んでおいた。

しかし、ホテルで待っていても、なかなか三浦からの連絡はなかった。

「いやがらせをやっているんじゃありませんかね」

と西本は十津川にいった。

「同じ警察で、いやがらせかい？」

「道警は、カメさんがクロと決めてかかっています。ですから、われわれの存在は、煙たいんじゃありませんかねえ。だから、何かわかっても、知らせて来ないのかもしれませんよ」

「そんなことはないだろう。同じ警察なんだ」

「しかし、対抗意識は、なかなかのものですよ。われわれが、カメさんは、無実といえばいうほど、向こうは、かたくなになるような気もしますが」

と西本がいったとき、部屋の電話が鳴った。十津川が手を伸ばして、受話器を取った。

「道警の三浦です。殺された二人の身元が割れたので、こちらへいらっしゃいませんか」

「すぐ行きます」

と十津川はいった。

西本を連れて、千歳署に駈けつけると、いぜんとして、署内では、記者たちが歩き廻っていた。警視庁のベテラン刑事が、殺人罪で逮捕されたというので、どっと集まって来たのだ。

十津川と西本は、彼らをかきわけるようにして、署内に入って行った。

「特急『おおぞら6号』殺人事件捜査本部」の真新しい看板が、出ている。

その本部の隅で、十津川と西本は、三浦警部に会った。

三浦は、前科者カードの写しを、まず十津川に見せた。

「死んだ男の指紋を照合したところ、東京の人間で、傷害の前科のあることが、わかりました。そこにあるように、名前は、服部明《はっとりあきら》、三十五歳です」

「女のほうも、わかったんですか」

「男の身元が割れたので、女のほうも、自然に、どこの何者かわかりました。名前は、坂本陽子《さかもとようこ》、二十九歳です。二人は、内縁関係だったようで、東京都新宿区のマンションで、一緒に暮らしていました」

「帯広とは、何か関係があったんですか？」

「女のほうが、帯広の生まれです」

「なるほど、亀井刑事の子供を、その二人が誘拐した理由は、何だったんですか？」

「服部の前科ですがね、東京都内で引き起こした傷害事件に、警視庁捜査一課がからんでいることが、わかりました。二年前に起きていて、懲役一年の判決を受けています」

「それを、亀井刑事が、担当したということですか？」

「そうじゃないかと思っているんです。服部は、そのことを深く根に持っていて、今度の誘拐をやったんじゃありませんかね」

三浦は、そういった。

これで、すべてが終わったといった話し方である。

「服部は、東京で傷害事件を起こしたとき、どんな仕事をやっていたんですかね？」

「そこまでは、まだ調べていません」

「服部という男が、亀井刑事を恨んでいてですが、東京から尾行していて、子供を誘拐したというのは、わかります。しかし、翌日、亀井刑事を、上りの『おおぞら6号』に乗せて、いったい、何をやらそうとしていたんですかね？」

あの列車を乗っ取る気だったと思われますが」

と十津川はきいた。

三浦は、例のコースターを取り出して、

「これを見ると、亀井刑事に車掌を殺させ、あの列車を乗っ取る気だったと思われますが」

「乗っ取って、そのあと、どうする気だったんですかね？」

「さあ。二人が死んでしまったので、よくわかりませんが、乗客の持っている金や、宝石などを巻きあげる気だったのかもしれないし、他の理由だったのかもしれませんね。とにかく、まずあの列車を乗っ取る気だったことは、間違いないと思いますよ」

と三浦はいった。

十津川は、千歳署で電話を借りて、東京の清水《しみず》刑事に連絡を取った。

「カメさんは、大丈夫ですか？」

と清水は心配そうにきいた。

「大丈夫だよ。至急、調べてもらいたいことがある。服部明という男のことだ。二年前に、東京で、傷害事件を起こして、一年間、刑務所に入っていた。服部を逮捕したのが、カメさんじゃないかというんだが、二年前の事件というのが、どうも思い出せなくてね」

「調べてみます」

と清水はいった。

「それから、この男と内縁関係にあった女のことも調べてくれ。名前は、坂本陽子、二十九歳だ。二人が住んでいたマンションの名前をいうから、書き留めてくれ」

十津川は、清水にメモさせて、電話を切った。

そのあとも、十津川は、首をひねっていた。

服部明という名前に、記憶がないのである。自分が担当した事件は、殺人でも、傷害でも、たいていは覚えている。犯人の名前も、事件のストーリーもである。

亀井とは、いつも一緒に仕事をしてきた。二年前の傷害事件に、亀井が関係しているとすれば、その事件には、十津川も関係していたはずである。だが、服部明という名前に記憶がない。

「君は、どうだ？」

と十津川は西本にきいてみた。

「私も、服部明という名前は、記憶がありませんね」

と西本もいう。

道警本部は、亀井が否認のまま、殺人罪で起訴に持って行くようだった。

マスコミがあれだけ書き立てては、もうあとには引けないというところなのだろうし、東京に対する対抗意識もあるようだった。

二人がSホテルに戻って、しばらくして、東京の清水刑事から、十津川に電話が入った。

「服部明のことが、わかりました」

と清水がいった。

「二年前の傷害事件と、カメさんとの関係を知りたいね」

「うちで扱った事件ではありません」

「それなら、なぜ、カメさんが？」

「事件は、三鷹《みたか》の駅のホームで起きています。服部は、酔っていて、たまたま同じホームにいた野沢勇《のざわいさむ》という四十歳の男と、肩がぶつかったという些細《ささい》なことからケンカになりました。服部は、いつも護身用といって、ナイフを持っていて、それで、野沢の胸を刺して逃げようとしたんです。そのとき、カメさんがホームにいて、逃げる服部にタックルして、彼を逮捕しています」

「なるほどね。そういう関わり合いだったのか。刺された野沢という男は、どうなったんだ？」

「二ヵ月間、病院に入院しました」

「坂本陽子という女は、どうだ？」

「新宿の『シルバー』というバーで働いていたホステスです。帯広の生まれで、そこの高校を卒業してから、東京に出て来ています。いろいろな仕事についてから、ホステスになりました。売春容疑で、二度、捕まったことがあります」

「ほう。なかなかの女だったんだな」

「服部明が、一年の刑を受けて出所したあと、二人は知り合い、なぜか、意気投合して、同棲しています」

「殺された服部の仕事は、何だったんだ？」

「無職といったほうが適当だと思います。坂本陽子の働きで、食べていたようなところがありますね」

「借金は、あったのかね？」

「服部に、百万円ほどの借金があります。いや、服部が、坂本陽子の名前で借りた金です」

「カメさんを恨んでいた証拠は、見つかったかね？」

「二人の住んでいたマンションを調べたんですが、わかりませんでした。彼が、入っていた府中刑務所へ電話して、所内での服部のことも聞いてみましたが、カメさんの悪口をいっていた証拠は、ないようです」

「なぜ、カメさんが、北海道へ行く日を知っていたのかな？」

「理由はわかりませんが、マンションにあったカレンダーに、『K――釧路』という文字が書き込んであリました。カメさんが、釧路へ行った日のところにです」

と清水は、いった。

## 7

清水の報告は、十津川には、悪い知らせだった。

亀井が、服部明に恨まれていた背景が、分かったからである。服部は、ケンカで相手を刺したが、そこにいた亀井に捕まってしまった。

亀井さえいなかったら、刑務所へ行かずにすんだと思っていたかもしれない。

そこで、出所してから、どうやって亀井に復讐するか、その方法を考えていた。それに、服部は、金も欲しかった。

そこで、一石二鳥の計画を立てた。

亀井の子供を誘拐する。ただし、亀井には資産がないから、身代金はとれない。そこで、子供をタネにして、亀井を脅迫し、列車ジャックをやらせ、乗客の金や宝石などを、全部、手に入れる。そんな計画である。

服部は、亀井が息子の健一と一緒に北海道へ行くのを知って、東京からあとをつけた。

亀井父子が千歳空港駅から特急「おおぞら9号」に乗ったので、車内で健一を誘拐し、内縁の妻の坂本陽子と帯広に監禁した。彼女が帯広の生まれなので、郊外の農家で、空家になっている家が、いくつもあるのを知っていたのだろう。

そのあと、電話で亀井を脅迫し、翌日の上りの「おおぞら6号」に乗せた。

当然、釧路署の刑事が乗っているだろう。そこで、コースターに健一の言葉を書かせ、その裏に刑事たちを帯広で降ろすように指示を書き、車内販売の女の子に頼んで、亀井に渡す。

亀井の頼みで、釧路署の刑事二人は、帯広で降りた。

続いて、服部は、もう一枚のコースターを亀井に渡し、車掌を殺し、「おおぞら6号」をハイジャックすることを命じた。やらなければ誘拐した健一を殺すと、脅してである。

まんまと、「おおぞら6号」をハイジャックしたら、どうするつもりだったのか。乗客から金品を奪い取って、逃げる気だったのか。

あるいは、乗客全員を人質にして、国鉄なり、乗客の家族なりに、莫大な身代金を要求するつもりだったのか。

肝心の服部と坂本陽子が死んでしまったので、どちらともわからない。

「私は、乗客全員を人質にしてというほうを、とりますね」

と若い西本刑事はいった。

「なぜだね？」

「服部という男の本当の性格は、わかりませんが、刑事の子供を誘拐することを考えるような男です。何か派手なことをやりたがるんじゃありませんかね。そうだとすると、乗客の一人一人の財布を取り上げるより、列車をハイジャックして、国鉄に、莫大な身代金を要求するほうが似合っていますよ。マスコミだって、大々的に取り上げますからね」

「そうかもしれないな」

と十津川はいった。

列車ジャックで、国鉄に身代金を要求し、その犯罪に、警視庁捜査一課のベテラン刑事が一枚かんでいるとなれば、マスコミの恰好《かっこう》の材料である。テレビだって、ハイジャックされた列車の上にヘリを飛ばして、取材合戦を繰り広げるだろう。

亀井刑事が加わっているとなれば、上司の十津川は、テレビカメラの前に引っ張り出されて、質問攻めにあっていたかもしれない。

だが、事件は、そうはならなかった。

何者かが、服部と坂本陽子を車内で刺殺し、血まみれのナイフを亀井に持たせて、彼を犯人に仕立てあげたのだ。

「君は、このストーリーの変更をどう見るね？」

と十津川は西本にきいた。

こういうとき、いつもなら、ベテランの亀井の意見をきくのだが、その亀井が殺人犯として逮捕されていては、どうすることもできない。

「変更というと、どういうことですか？」

と西本はきき返してきた。

十津川の質問の意味が、呑み込めなかったらしい。

これが亀井なら、簡単に、十津川のいわんとするところを汲み取って、的確な返事

があるのだが、と十津川は、思いながら、

「仲間割れでこうなったのか、それとも、最初からのストーリーだったのかということだよ」

「ああ、そういうことですか。カメさんが睡眠薬を飲まされたとすれば、最初から、何者かが服部と坂本陽子を車内で殺し、それをカメさんの犯行に見せかけたんだと思いますね」

と西本はいった。

「とすると、服部と坂本陽子も、犯人にまんまと利用されたことになるのかね？」

「そう思います」

「そうなると、真犯人は、いったい、どんな人間で、なぜ、こんなことをしたのかという疑問にぶつかるね」

と十津川は難しい顔でいった。

## 8

道警の三浦警部が、一人の男を連れて、ホテルにやって来た。

問題の「おおぞら6号」のグリーン車に乗っていた乗客の一人である。

「大西徹《おおにしとおる》です」

と男はいい、名刺をくれた。

東京の会社で働くサラリーマンで、年齢は二十八歳。休暇をとって、北海道へ来ていて、今度の事件に巻き込まれたのだといった。

「この人は、血まみれのナイフを持った亀井刑事が、デッキからグリーン車の車内に入ってくるのを目撃しているんです。それで来てもらいました」

と三浦は十津川にいい、すぐ、つけ加えて、

「十津川さんは、亀井刑事が睡眠薬で眠らされていて、その間に、服部と坂本陽子が殺され、凶器のナイフを、知らない間に持たされたと考えているわけでしょう。しかし、この人の証言を聞けば、それが違うことが、おわかりになると思うんですよ」

といった。

十津川は、大西の顔をまっすぐに見て、

「そのときの様子を、正確に話してくれませんか」

といった。

大西は、緊張している様子で、小さく咳《せき》払いしてから、

「僕は、釧路周辺を見物して、東京へ帰るところだったんです。強行軍で疲れていたので、奮発して、『おおぞら6号』のグリーン車にしたんです。列車が狩勝峠に差しかかって、とても景色のいいところなんですよ。僕は、窓の外を眺め、写真に撮ったりしていましたが、他の乗客は、寝ている人が大半でしたね。どうも、地元のビジネス客が多くて、その人たちは、今更、景色を見たって仕方がなかったんだと思います。そのうちに、デッキの方で物音がしたので、通路を歩いて行くと、境のドアが開いて、あの人が現われたんですよ」

「亀井刑事のことですか？」

「犯人として逮捕された人です。僕は、たいていのことには驚かないんですが、あのときは、背筋が寒くなりましたよ。血だらけのナイフを手に持って、ぬうっと現われたんですからね。眼は、うつろで、どこを見ているかわからないし、とにかく異様なんですよ。一瞬、僕も、殺されるんじゃないかと思いましてね。足がすくんじゃって動けないんですよ。嘘じゃありません。金縛りにあったみたいで、じっとしていたら、相手は、空いている座席に倒れ込んでしまったんです。それで、僕は、あわてて車掌に知らせたんですよ。あとで聞いたら、その車掌も殴られて、しばらく気絶していたそうですね」

と大西は、いった。

（この男は、果たして、本当のことをいっているのだろうか？）

十津川は、じっと大西の顔を見た。

亀井は、缶ジュースを飲み、眠ってしまったといっている。

亀井の言葉を信じれば、眠っている間に、罠にはめられたことになるのだが。

「今いったことは、間違いないんですか？」

と十津川は念を押した。

「本当ですよ。嘘をついたって始まりませんからね」

「そのとき、亀井刑事は、何かいいましたか？」

「デッキから車内に入って来たときですか？　何もいいませんでしたね。今から考えると、呆然《ぼうぜん》としていて、僕の姿だって見えなかったんじゃありませんかね。二人も人間を殺せば、あんなになってしまうんじゃありませんか」

と大西はいった。

三浦警部が、それを補足するように、

「今日、問題のグリーン車で、現場検証をしてみました。服部と坂本陽子が、死んでいたデッキが、血まみれになっているのは、当然ですが、そこから、ドアを開けて、グリーン車の通路に入り、亀井刑事の倒れていた座席まで、点々と血痕がついていたことが、確認されました」

「しかし、それは、別の人間がつけたということも考えられるんじゃありませんか？」

と十津川は反論した。

三浦は、そんな反論は予期していたらしく、ニヤッと笑って、

「そのとおりです。しかし、デッキから座席までの間、壁のところどころに、亀井刑事の指紋がついているのも、見つかったんです。指紋というより、掌紋《しょうもん》ですね。そこへ手をついたわけです。つまり、こういうことです。亀井刑事は、血まみれのナイフを持ち、デッキから、ふらふらと車内に入って来た。そのとき、壁に片手をついて歩いたわけです。そうしなければ、身体が倒れてしまったんだと思います。十津川さんには、お気の毒ですが、亀井刑事は、ずっと、自分の座席で眠っていたわけじゃないんですよ。現場検証の結果でも、この大西さんの証言でも、明らかなように、亀井刑事は、デッキで二人を殺したあと、血まみれのナイフを持って、車内に戻って来て、座席に倒れ込んでいたんです。その座席も、もちろん、亀井刑事が買った自分の座席とは違っていましたよ」

と、いった。

これで亀井の犯行は、明らかだというい方だった。

十津川も動揺した。

もちろん、亀井が犯人とは思っていない。明らかにはめられたのだ。

だが、少しずつ亀井にとって、不利な材料が増えていく気がして、仕方がない。

(大西というサラリーマンの証言は、本当なのだろうか?)

ひょっとすると、服部と坂本陽子を殺した人間に頼まれて、亀井を犯人に仕立てあげる手伝いをしているのかもしれない。

十津川は、すぐ東京に電話して、大西のことを調べてくれるように、頼んだ。

東京では、清水と日下《くさか》の二人の刑事が、大西のことを調べて、ホテルの十津川に報告してくれた。

「大西徹は、間違いなく、東京の大手町に本社のあるK重工の社員です。管理部に属していて、勤務成績は普通です。まだ独身で、世田谷のマンション住まいです」

と清水がいった。

「休暇をとって、北海道に来ているのも、本当かね?」

「四日間の休暇願いが出ていて、理由は、旅行と書いてあります」

「会社での評判は、どうだ？」

「仕事熱心だという評判ですね。K重工で、エリートコースを歩いているとはいえませんが、そこそこ出世するのではないかといわれています」

「カメさんとの関係は？」

「何かで、関係があるのではないかと思い、いろいろと調べてみましたが、関係は見つかりませんね。前科もなしです」

「死んだ服部と坂本陽子とは、結びつかないかね？」

「その点も調べましたが、出ませんでした。どうも二人とは、無関係とみていいと思いますね」

「性格は、どうだ？」

「どちらかといえば外向的だと、職場の上司や同僚は、いっています。明るいが、ちょっと、おっちょこちょいなところもあるそうです。身体は健康です」

と清水はいった。

「彼の言葉は、信用できると思うかね？」

「ええ、法廷に彼が証人として出て来たら、裁判官は、その証言を採用すると思いますね」

「そうか」

「この男の証言が、問題になっているんですか？」

「亀井刑事に、不利な証言をしている」

「そうですか。カメさんを恨んでいるとは思えないので、嘘をついているようには、考えられないのですが」

「わかった。ありがとう」

と十津川はいって、電話を切った。

大西は、どうやら、平凡だが、信頼の置けるサラリーマンのようである。それに、亀井に対して、恨みを持っている節も見られない。

とすると、大西の証言は、真実なのか？

十津川は、三浦警部に頼んで、もう一度、亀井に会わせてもらった。

亀井は、意外に元気だった。息子の健一が、無事に救出されたからだろう。

十津川は、大西という証人のことを、亀井に話した。

亀井は、笑って、

「その男のことは、ここの三浦警部に知らされました。私のクロを証明する証人だということです」

「カメさんが血まみれのナイフを持って、デッキから客室に入って来て、座席に倒れ込むのを見たと、証言しているんだ」

「そうらしいですね」

「カメさんは、覚えていないのか?」

「それが、まったく、覚えていないんです」

「大西によると、そのとき、カメさんは、異様な眼つきをしていたというんだよ。何か心当たりはないかね?」

と十津川がきくと、亀井は、

「そのことなんですが、左腕の肩に近いあたりが、かたくなっていて、痛かったのを覚えています。今は、治りましたが」

といい、左腕をまくって、その場所を指で触って見せた。

「その辺は、よく皮下注射をする場所だね」

「そうなんです。少しかたくなっていましたから、皮下注射をやられたのかもしれません」

「まず、君を睡眠薬で眠らせておき、その間にお膳立てをしたんだろう。そのあと、正体のない君を引きずって行き、デッキで服部と坂本陽子の二人を殺した。そのあと、君の腕に皮下注射をうったんだ。おそらく興奮剤だろうと思うが、あるいは、法律で禁止されているような薬だったのかもしれない。それで君は、異常な精神状態になって、ナイフを持って、座席に戻って行ったんだろう。眼の前に、人がいても、君には見えなかったと思うね」

「薬のせいですか」

「そうだよ。だが、それを証明するのは難しいね。まさか、生きているカメさんを解剖するわけにはいかないからね」

「血液検査をやってもらえば、何かわかるかもしれませんね」

「そうだね。皮下注射だから、何も出て来ないかもしれないが」

と十津川はいった。

十津川は、とにかく三浦警部に頼んでみた。

「血液検査ですか？」

三浦は、眉をひそめた。

「そうです。亀井刑事は、睡眠薬を飲まされたうえ、何かの薬を注射された疑いがあるんです。それがわかればと思うんですがね」

と十津川は頼んだ。

「私一人では、判断できませんよ」

と三浦はいい、本部長に相談するといった。

このことでは、激論があったらしい。が、結局、血液検査をしてくれることになった。おそらく、亀井が、警視庁捜査一課の刑事なので、慎重を期したのだろう。

その日のうちに、医者が来て、亀井の血液が採取された。

その結果が出るのは、明後日ということだった。

その間に、十津川は、西本と問題の「おおぞら6号」のグリーン車を見に出かけた。

札幌駅の待避線に、一両だけ停めてあった。

国鉄側としては、人気のハイデッカーのグリーン車なので、明日から車内を清掃し、再び、札幌—釧路間の特急「おおぞら」に、使用したいといっていた。

したがって、血痕のついたグリーン車を見られるのは、今日だけなのだ。

十津川も西本も、この床の高いグリーン車を見るのは、初めてだった。

「なかなか素敵な車両ですね」

西本は、窓の曲面ガラスを見上げて、声を上げた。

「だから、カメさんは、息子さんと一緒に乗ったんだよ。下りの『おおぞら9号』にね。その中で、健一君が誘拐されたんだ」

と十津川はいった。

乗務員室や売店などのあるところとは、反対側にあるデッキに、チョークで人の形が二つ描いてあった。

服部と坂本陽子が、刺殺されていた場所である。

床をよく見ると、血痕が点々としているのがわかる。乾いて、黒くなった血の痕である。

そこから、ドアを開け、客室に入ってみた。

壁などに、掌紋がついている。通路にも、黒く乾いた血痕が点々とついていた。

亀井が倒れ込んだという座席には、チョークで丸印が描《か》いてあった。

この血痕と一緒に、亀井は、デッキから歩いて来た。力つきたように、座席に倒れ込んだのだろう。

それを、大西がじっと見ていたに違いない。

血液の中から何も見つからなければ、亀井が、いっそう、不利な立場に立たされるのではないか？

十津川は、そのあと、西本と帯広へ向かった。

まだ、念のために入院している亀井の息子を見舞うためである。

看護婦が、亀井健一の寝ている病室へ、案内してくれた。

健一は、もう元気で、病院の中を歩き廻ったりしているらしかった。

十津川は、何枚かの顔写真を取り出して、健一に見せた。

「この中に、君を連れ出した人間がいるかどうか、よく見てほしいんだよ」

と十津川は健一にいった。

八枚の写真の中には、服部と坂本陽子のものも、混ぜてあった。

健一は、じっと八枚の写真を見ていたが、さっと手を伸ばした。

心配することはなかったのである。健一が選んだのは、間違いなく服部と坂本陽子の二人だった。

「この二人が、健一君を『おおぞら9号』から、連れ出したんだね？」

と十津川は、きいた。

「そうだよ。この二人さ」

「君の面倒を見たのは、女のほうかな？　それとも二人で？」

「こっちの人が、ボクにライスカレーを作ってくれたんだ。女の人だよ。男のほうは、乱暴だったね」

「どんなふうに、乱暴だったのかね？」

「すぐ殴るんだよ。怖いんだ」

と健一はいった。

「最初の日だけど、帯広に連れて行かれたのかな？」

十津川は、健一にきいた。

「うん、帯広だった。汚ない空家だったよ」

「どんな態度で、君を扱ったのかね？　大事にしてくれた？　それとも、厳しかったかね？」

「怖かった」

と健一はいった。一瞬、怯《おび》えの表情が出たのは、殴られたことがあったからかもしれない。

「最初の日だけど、その汚ない家に泊まったんだね？」

「うん」

「そこには、この男と女の二人がいたんだね？」

「女の人一人のこともあった」

と健一はいった。

服部のほうは、脅迫の電話をかけに行ったのだろうか？

「この二人の他に、誰かいなかったかね？」

と十津川はきいた。

服部と坂本陽子を殺した人間がいるはずなのだ。その人間の正体を、何とかして、つかみたい。

「いなかった」

と健一はいう。

「よく考えてよ。君は、列車から連れ出された。それから、助け出されるまでの間、この二人しか、君の傍にいなかったのかね？　他に誰かいなかったのかね？」

十津川は、念を押した。

健一は、少し考え込んでいたが、

「いなかったよ。この二人だけだったよ」

といった。

すると、服部と坂本陽子を殺した人間は、二人の傍にいなかったのか。まさかまったく無関係な人間が、殺したわけではないだろう。

十津川と西本は、多少、失望して、病院を出た。

帯広から、また列車で千歳空港に向かった。

まだ、亀井を無罪にするには、何かが足りない。証人も証拠も見つからないのだ。

血液検査の結果が出たのは、二日後である。

三浦が渡した報告書には、亀井の体内には、興奮剤とか、ＬＳＤみたいな薬の痕跡は見られないというものだった。

だが、検出できなかったのは、日時がたち過ぎていたからだと、十津川は、自分にいい聞かせた。

（カメさん。絶対に助け出してやるぞ）

# 第三章　送　検

## *1*

十津川は、西本刑事を北海道に残して、いったん東京へ帰ることにした。

特急「おおぞら6号」の車内で殺された男女のことを、くわしく調べたかったからである。やはり、部下に委せておいては、まだるっこしいのだ。

「カメさんのことは、頼むよ」

と十津川は、千歳空港のロビーで西本にいった。

「しかし、警部。私には、どうすることもできませんが。事件は、道警の管轄ですから」

若い西本は、自信なさそうにいった。

十津川は、笑って、

「この北海道で、君に何かしろといってるんじゃない。今のままでは、カメさんは、起訴されてしまうだろう。だから、道警に何か動きがあったら、知らせてほしいんだ。それから、カメさんが何か思い出したら、それも知らせること」

「わかりました」

「健一君は、公子さんがこちらに来ているから、大丈夫だろう」

と十津川はいった。

十津川は、午前九時〇〇分発の全日空で、東京に向かった。

羽田に着いたのは、一〇時三〇分である。

空港には、清水刑事が迎えに来ていた。彼は、十津川の顔を見ると、

「カメさんは、どうなるんですか？」

と心配そうにきいた。

「それは、車の中で話すよ」

と十津川はいった。

清水の運転する車に乗り込んでから、

「このままでは、カメさんは起訴されるよ。道警では、彼が、息子を誘拐されて、カ

ッとして、犯人二人を殺したと見ているようだからね」

「その点を、うちの部長も心配しているようです。もし、捜査一課の現職の刑事が殺人容疑で起訴されたら、警視庁の一大汚点だといっていましたから」

「カメさんは、人を殺したりはしていないよ」

「それは、そうですが」

「反論が難しいんだ。肝心の二人が死んでしまっているからね。服部明と坂本陽子のことで、あれから、何かわかったことはないかね？」

「残念ですが、新しいことは、何もわかりません」

と清水がいう。

「二人のマンションは、たしか新宿区だったね？」

「そうです」

「まっすぐ、そこへ行ってくれ」

「しかし、その前に、部長や課長に報告なさらなくて、いいんですか？」

「時間がないんだよ」

と十津川はいった。

道警は、亀井を送検する気でいる。十津川は、そう思っていた。

それを防ぐためには、一刻も早く、真犯人を見つけ出さなければならないのだ。

清水は、新宿へ車を走らせた。

甲州街道から、奥へ入ったところにある五階建ての中古マンションだった。

服部たちの部屋は、その四階だった。

タテに長い2DKの造りで、ドアを開けて中に入ると、調度品らしきものは、ほとんどなかった。

「最初から、こんなに、がらんとしていたのかね？」

と十津川は清水にきいた。

「そうです。それから、服部は、この部屋を一ヵ月八万円で借りていて、十二月分を払っていないんだそうです」

「家主が、早く、この部屋を他に貸したいわけか？」

「そうです。殺人事件の捜査中なので、今月いっぱいは、このままにしておいてくれと、頼んでおきましたが」

「これが、君のいったカレンダーか」

十津川は、壁に貼られたカレンダーに眼をやった。

十二月のカレンダーである。

二十四日のところに、「K——釧路」の文字が、書き込んであった。

「今日は、二十七日だったね？」

「そうです」

「あと四日しかないのか」

「今年中に、カメさんの無実を証明できるでしょうか？」

「やってみるさ」

と十津川はいった。

道警も、あと三日と考えているだろう。今年中に、亀井を送検してしまいたいと、思っているはずである。

「服部明の筆跡がわかるものは、あったのか？」

「この部屋を借りるときに、家主と交わした契約書の写しがありました。署名は、服部が書いたものだというので、ファックスで道警に送っておきました」

「返事は？」

「まだ、来ていません」

「手紙の類はなかったのか？」

「それが、ぜんぜん見つからないんです。普通は、あるはずなんですが」

「なぜ、ないのかな？」

「服部は、出所して、まだ一年しかたっていません。この部屋を借りたのも、出所して二ヵ月してからです。ここの住所を、誰にも知らせてなかったんじゃないでしょうか？」

「彼は、何をやっていたんだ？　電話では、君は、無職だといっていたが」

「ここの管理人や隣り近所の話では、坂本陽子に、食わせてもらっていたんじゃないかということでした。彼自身は、まわりの人間に、不動産の仕事をしていると、いっていたようですが」

「不動産ねえ」

十津川は、呟きながら、もう一度、部屋を見ていった。

坂本陽子が使っていたと思われる鏡台と、洋ダンス、安物のテーブル、テレビ。しかし、高そうなものは、何もない。

「嘘だと思います」

と清水がいった。

「なぜだい？」

「本当に不動産の仕事をしていたとすれば、名刺とか、パンフレットがあるはずですが、この部屋には、そんなものは何もありません」

「坂本陽子のヒモだったとすると、一日中、ぶらぶらしていたのかな？」

「それが、ときどき、出かけて行くのを見られているんです」

「すると、何かやっていたんだね」

「かもしれません」

「カメさんが犯人じゃないんだから、服部と坂本陽子を殺した真犯人がいるはずなんだよ。そいつは、この二人と、どこかで、つながっていなければならないんだ」

「服部の友人というか、仲間というかが、なかなか見つからないんです」

「坂本陽子のほうは、どうなんだ？」

「こちらは、すぐ見つかりました。彼女は、新宿歌舞伎町のバーで働いていたので、その頃の仲間に会って、話を聞くことができましたから」

「どんな話が、聞けたんだ？」

「服部は、店に来るたびに、彼女を口説いていたそうです。その熱心さに、彼女が参ってしまったんじゃないかといっていましたね」

「服部については、そこで、何か聞けたかね？」

「ヤクザっぽいところがあったと、この店のママも、他のホステスたちもいっていましたね。前科があるのは知らなかったそうです」

「その他には？」

「今度の事件についてきくと、みんな、服部と坂本陽子が、誘拐みたいなことをするとは信じられないと、いっていました」

二人はもう一度、部屋の中を徹底的に調べてみることにした。

鏡台の引出しを抜き出し、洋ダンスを開け、押入れにも首を突っ込んでみた。

洋ダンスには、坂本陽子のドレスが、五、六着かかり、服部のものらしい背広やブルゾンもあった。

鏡台の引出しには、化粧品などが入っていたが、それらにまぎれる感じで、名刺が一枚入っていた。

〈新宿歌舞伎町「シルバー」〉

の名刺である。

「この店か？」

と十津川がきくと、清水は、名刺を見てから、肯《うなず》いた。

## 2

警視庁に戻ると、すぐ三上《みかみ》刑事部長に呼ばれた。

亀井のことを、いろいろと聞かれるのだろうと思って、部長室へ行くと、本多《ほんだ》捜査一課長が、先に来ていた。

いつも、部長との間に立って、十津川のために弁明してくれる本多が、今日は、暗く沈んだ顔になっていた。

(どうやら、深刻な事態になっているらしい)

と十津川は思った。

「十津川君、困ったことになったよ」

三上部長がいった。

「亀井刑事のことですか？」

「そうだよ。道警本部が、彼を送検することに、決めたんだ」

「本当ですか？」

十津川の顔色も、変わった。覚悟はしていたのだが、いざ、それが現実化すると、ショックが大きかった。

「今日中なら、向こうの地裁が受理するからだろうね。道警は、今年中に起きた事件だから、今年中に、送検したいんだと思うがね」

と本多が沈痛な顔でいった。

「向こうは、何を決め手にしたんでしょうか？」

十津川は、まだ信じられなかった。同じ警察である。来年はじめまで、なぜ待ってくれなかったのか。

「それを、私も聞いてみたんだがね。車内での目撃者の証言をまず、あげていたね」

「大西というサラリーマンです」

「次は、筆跡の一致だ」

「コースターに書かれていたという、ボールペンの筆跡のことですね？」

「そうなんだ。われわれは、服部明と坂本陽子の他に、真犯人がいると主張した。しかしコースターに書かれた文字と、服部が書いた文字を比べたところ、同一人の筆跡という結果が出たというんだよ」

「服部がマンションを借りるときに書いた契約書の文字を、向こうにファクシミリで送ったんです。それと、コースターの文字が一致したというわけでしょう。しかし、だからといって、服部と坂本陽子の他には、誰もいなかったという証明にはなりませんよ」

と十津川はいった。

「しかしねえ。二人の背後に、黒幕がいたという証明は、もっと難しくなってくるよ」

「しかし、いたんです」

「それは、君の希望的観測じゃないのかね？」

「部長だって、亀井刑事が人殺しをしたなんて思われんでしょう？」

十津川がきくと、三上は、狼狽《ろうばい》した顔で、

「もちろん、亀井君は、無実だと思っている。だがね、信念だけで、無実はかちとれないんだ」

「わかっています」

と十津川はいった。

「亀井刑事は、今日、送検されたがね」

と本多がいった。

「地検が、すぐ起訴手続きをとったとしても、すぐ年末だ。そして、正月になる。したがって、一月三日までは、少なくとも進展はないと思うがね」

「それまでに、真犯人を見つけ出せばいいということですか？」

十津川がきくと、今度は、三上が渋い顔で、

「なるべく早く真犯人を見つけるのは、当然だが、今日の送検のことは、マスコミに出てしまうよ。現職の刑事が送検されたなんてことは、未曾有《みぞう》のことだからね。この反響がどうなるのか、私にも見当がつかん。困ったことだよ」

「亀井刑事は、被害者ですよ。彼は、自分の息子を理不尽に誘拐され、助けようとして動いただけのことです」

「本当に、そう断定できるのかね？」

と三上がきいた。

「部長は、部下を、信用なさっておられないんですか？」

十津川は、憮然とした顔できき返した。

三上も、渋い顔で、

「もちろん、信じているよ。刑事が人を殺すなんて、あってはならんことだからね。しかし、今度は特別の事件だ。亀井君は、子供思いのうえに、一直線に突き進む性格なんだろう？」

「そうです」

「それなら、ひょっとして、わが子を助けたいと思うあまり、誘拐犯を殺してしまうことも、十分にあり得るんじゃないかね？」

「あり得ますが、今度は、違います」

「しかし、道警の話では、亀井刑事は、自分の行動を、ほとんど覚えていないそうじゃないか」

「睡眠薬を飲まされ、そのうえ、何か、興奮剤を注射されたために、ある時間の記憶がなくなっているだけです」

「そこが、問題なんだよ」

と三上はいった。

確かに、部長の危惧《きぐ》も、わからなくはなかった。

マスコミは、警察に対して批判的である。警察が権力の象徴に見えるからだろう。ちょっとしたことでも、批判の対象になる。例えば、警察を辞めた人間が、犯罪を起こしても、「元警察官が――」と、書かれるのである。

それでいけば、今度の亀井の件は、マスコミにとって好餌《こうじ》だろう。人一倍、心配性の部長が、気にするのは当然なのだ。

部長の心配どおり、この日の夕刊は、亀井が送検されたことを、大々的に報道した。

〈警視庁はじまって以来の不祥事！〉

と書いた新聞もある。

捜査一課の中にも、動揺が見られた。頭の中では、亀井は、無実と考えていても、精神的に動揺してしまうのだろう。

北海道に残して来た西本から、電話が入った。

「カメさんが、送検された件ですが」

と西本は変に甲高い声でいう。彼も狼狽しているのだろう。

「これから、大変だぞ」

と十津川はいった。

「道警は、警視庁に対する対抗意識もあるでしょうが、それ以上に、マスコミの突き上げがあったようなんです。これだけ証拠があって、証人もいるのに、警察官だから起訴にもって行こうとしないのかと」

「三浦警部が、そういってるのか？」

「そうです。疲れ切った顔をしていましたね。マスコミの攻勢が凄《すご》かったですから」

「カメさんは、どうだ？　送検されたあと、会って来たか？」

「これから、面会を要求しようと思っているところです」

「もし、カメさんに会えたら、必ず、真犯人を見つけ出すと、いっておいてくれ」

「わかりました」

「それから、カメさんが、弁護士をつけてほしいという気があるなら、こちらで用意するとも伝えるんだ」

「はい」

「健一君は、どうだ？」

「退院して、今、母親と一緒に釧路にいます」

「それなら安心だな」

と十津川はいった。

### 3

十津川は、清水たちを集めて、これからの捜査方針を伝えた。

「今度の正月は、君たちには悪いが、無いものと思ってほしい。仲間のカメさんが、拘置所に入っているからだ。それを一刻も早く出してやりたい」

と十津川はまずいった。

「私は、服部明と坂本陽子の二人を殺した犯人は、他にいると確信している。単独犯か複数犯かわからないが、一月三日までに見つけ出したい。カメさんを、法廷になんか立たせたくないんだよ。犯人は、どこかで、服部明や坂本陽子とつながっているはずだよ。だから、この二人の交友関係を、どこまでも追いかけてみるんだ。どんな薄い関係でも見逃すんじゃない。それから、カメさんのことが、マスコミで報道されたから、今後、捜査は辛くなると思う。警察嫌いの相手なら、カメさんのことをネタにして、皮肉をいうかもしれない。それに負けずにがんばるんだ」

十津川も、自然に悲痛な話し方になっていた。

亀井がいないと、何となく頼りなくなってくる。他の刑事も、皆、優秀だとは思うのだが、やはり、亀井に比べると、頼りなく思われるからだろう。

刑事たちも、全員、重苦しい表情で、聞き込みに出かけて行った。

十津川自身は、一人で、服部明の入っていた府中刑務所へ出かけて行った。

ここでも、所長に、亀井のことで、いろいろといわれた。励ましの言葉なのだが、それでも胸にこたえるものがある。

服部は、ここに一年間入っていたのだが、そのとき、同房だった男に会わせてもらうことにした。

同じく、暴行傷害で、二年の判決を受けている原田功《はらだいさお》という三十歳の男である。暴行傷害の前科三犯というので、眼つきの鋭い、大男を想像したのだが、実際に眼の前に現われたのは、小柄な男である。

ただ、眼つきは鋭かった。

「君。同房だった服部明が殺されたんだよ」

と十津川がいうと、原田は、

「ほんとかね」

「君とは、ここでどのくらい一緒だったんだ？」

「八ヵ月くらいかな」

「彼は、出所したら、何をしたいといっていたのかね？」

十津川がきいた。原田は笑って、

「そりゃあ、女が欲しい、金が欲しいと、その二つばかり、いってたよ」

「具体的に聞きたいんだ。どうやって、女と金を手に入れるといってたんだね？」

「そうねえ」

と原田は、思わせぶりにいい、ニヤッとした。

「何が、おかしいんだ？」

「ここに入ってる連中が、本気で、更生を誓うと思うのかい？」

「だから、どうなんだ？」

「女と金を、こつこつ働いて、手に入れると思うかい？　第一、前科者が、こつこつ働ける場所があるかい？」

「その気になれば、あるはずだよ」

「甘いねえ。それに、ここで、仕方なく、女も金もない生活をしてるんだ。外に出たら、すぐ、女と金を手に入れたいに決まってるじゃないか。そうなりゃあ、ヤバイことをするに決まってる」

「誰かを誘拐して、身代金を奪《と》るみたいなことを、いってなかったかね？」

「誘拐？」

「そうだ。誘拐だ」

「あいつに、そんな難しいことができるかねえ」

「頭がいいわけがないんだ」

「頭が、あんまり強くないんだよ。第一、傷害で、刑務所《むしょ》に入る奴が、頭がいいわけがないんだ」

「君だって、暴行傷害で入ってるんだろう？」

「だから、おれも頭が悪いのさ」

「文章を書くのは、どうだ？」

「おれかい？」

「いや、服部だよ」

「どうかな。奴が、本を読んでるのを見たことがなかったぜ。好きな本を、読んでもいいことになってるんだがね」

「じゃあ、これを読んでみてくれ」

十津川は、コースターに書かれた脅迫文の写しを、相手に見せた。

「何だい？　これは」

「服部が書いたものだよ」

「字は、奴が書いたものみたいだな。だが、奴がこんなのを書けるかねえ」

「服部は、警官の息子を誘拐したんだが、何者かに殺されたんだ」

と十津川はいった。

ここでは、殺人事件のような新聞記事は読ませていないらしく、原田は、

「へえ。奴が、警官の息子を誘拐したって？」

「そうだ」

「おかしいな。警官の息子を誘拐したって、金なんか、とれないんじゃないか？　それとも、大金持ちの警官なのかい？」

「いや」

「それじゃあ、誘拐したって仕方がないだろうて」

「その警官に列車を占領させて、乗客の金を集める気だったらしい」

「ずいぶん、面倒くさいんだな」

と原田は、笑ってから、

「奴が、そんな面倒くさいことをするとは思えないなあ。女と金が欲しけりゃあ、もっと簡単なことをするよ」

「どんなことだ？」

「横丁にかくれてて、いきなり相手を殴って、金を奪うとか、包丁持って、郵便局を襲うとかだな。それなら、奴らしいよ」

「誰か、頭のいい人間に指示されたらどうだね？」

と十津川がきくと、原田は肯《うなず》いて、

「それなら、わかるよ。奴は、あくまで兵隊だよ」

「兵隊ねえ」

「そうさ。奴は、自分で、何か計画を立てられるタマじゃない。リーダーがいて、その命令どおりに動く兵隊だよ」

「女のことを聞きたいんだ。出所したら、会いたい女がいるとは、いってなかったかね？」

「そんな女がいたら、おれに、女と金が欲しいなんて、いわないよ」

「それから、誰かを頼って行くみたいなことは、いってなかったかね？」

「いや。何もいってなかったよ。第一、奴のところには、誰も面会に来なかったね」

と原田はいった。

十津川は、原田と話をしたあと、所長に、もう一度、会った。

「服部に、面会人が一人もなかったのは、本当ですか？」

と十津川はきいた。

「一年間の服役中、一人もなかったですね」

「手紙は、どうです？」

「それも、一通も来なかったんじゃないですか」

と所長はいってから、

「ただ、妙なことが、ひとつあったんですよ」

「何ですか？」

「服部が出所する直前でした。彼のことを、問い合わせる電話があったんです。その電話を受けたのは私じゃなくて、宮木《みやき》という所員なんですが」

「その人に、会わせて下さい」

と十津川は頼んだ。

宮木という所員は、まだ二十七、八歳の若さだった。十津川の質問に対して、緊張した顔で、

「確かに、服部のことで電話がありました」

といった。

「それは、男？　女？」

「女でした」

「服部という名前をいって、きいたんだね？」

「そうなんです。ここに服役している服部明の身内だが、何日の何時に出所するのか、迎えに行きたいので、教えてくれないかということでした」

「それで？」

「名前と、服部との関係をききました」

「相手は、何といったのかね？」

「妹の服部ユキだと、答えました」

「服部に、妹がいたかな？」

「いましたが、三年前に病死しています」

「それで、嘘とわかったのか？」

「いえ。そのときは、本当だと思いまして、つい、出所の日時を教えてしまいました。あとで、彼の妹が病死していると、わかったんです」

「すると、出所の日には、電話の女が迎えに来ていたのかな？」

「門の近くには、女の姿は見えませんでした」

と宮木はいった。

## 4

十津川は、警視庁に帰った。

途中で見る東京の町は、もう完全に師走《しわす》のたたずまいである。

嫌でも、北海道で勾留されている亀井のことを、考えないわけにはいかなかった。

東北の生まれの亀井だといっても、この寒い時期に、北海道の拘置所は、身体にこたえるに違いない。向こうの所長に、亀井のことでいろいろと頼みたいのだが、そうすれば、またマスコミが騒ぐだろうと思って、十津川は自重していた。

まだ、清水たちは、戻っていなかった。

十津川は、ひとりで煙草をくわえて、今、わかっていることを考えてみた。

服部明は、刑務所の中で、出所したら女や金が欲しいと、同房の原田にいっていた。

これは、男の囚人なら、誰でも考えることだろう。

だから、出所してからの服部は、新宿のバーに通いつめ、坂本陽子を口説き落とした。

問題は、その金である。

一年間の服役で出所した服部が、たいした金を持っていたとは思えないのだ。

それなのに、彼女の働いていたバーに、足繁《あししげ》く通えたのは、なぜなのだろうか？

出所してすぐ、金になるうまい仕事があったとは思えない。そんな仕事があったのなら、北海道へ行って、亀井の息子を誘拐したりはしないだろう。

とすると、誰かが服部に金を与えたことになる。

また、服部が出所する直前に、妹だといって、刑務所に電話して来た女のことがある。

その女が、金を出したのか？

かもしれないし、違うかもしれない。金を出したとすると、その目的である。

服部に、亀井の息子を誘拐させるためだったのか？

一時間ほどして、清水刑事が帰って来た。

「面白い話を、聞いて来ました」

と清水はいった。

「どんな話だ？」

「服部と坂本陽子が住んでいたマンションの住人の話なんですが、二人が大声でケンカしているのを、聞いたことがあるというんです」

「それで？」

「坂本陽子が、なんでも、電話の女は誰なんだと、服部を問いつめていたというんです。ヤキモチですね」

「それだけか？」

「服部がもそもそ弁解していたそうなんですが、その一週間ぐらいあとで、その住人が、新宿で服部を見ているんです。そのとき、彼は、女二人と歩いていたというんです」

「女二人とね」

「一人は、坂本陽子だったそうです。もう一人の女は、彼女よりはるかに美人だったといっています。話してくれたのは、ホステスをやっている女なんですが、あれは、痴話《ちわ》ゲンカの元になった女じゃなかったかと、いうんです」

「その女と、仲よく歩いていたということか」

「それで、ホステスは、呆《あき》れてしまったと、いっていましたね」

「彼女は、その美人の顔を、覚えているんだな？」

「ええ」

「それでは、モンタージュを作ってみてくれないか」

「今度の事件に、関係があると思われますか？」

「わからないが、ともかく、服部たちと関係があった人間第一号だよ」

と十津川はいった。

清水が、もう一度、出かけて行ったあとで、日下《くさか》刑事が帰って来た。

「服部が、行きそうなバーやスナックを、ハシゴして来ました」

と日下は疲れた顔でいった。

どの店でも、ジュースかウーロン茶を飲んだので、お腹がおかしくなりましたと、いってから、

「坂本陽子とできてからも、ときどき新宿で飲んでいたようです。彼女と一緒に、飲みに来ることもあれば、ひとりのときもあったようです。あるときなど、女二人と来たことがあると、これは、『リヨン』というクラブのママが、いっていました」

「一人は、坂本陽子か？」

「そうです」

「もう一人は、すごい美人だったんじゃないのかね？」

「ご存知だったんですか？」

「さっき、清水刑事が帰って来て、教えてくれたんだ。今、その女のモンタージュを作りに行ってるよ」

「そうですか」

「君の話を、続けてくれ」

「その『リヨン』というクラブは、かなり高級な店で、高いんですが、その日、勘定を払ったのは、美人の女だったというんですよ」

「ほう」

「それから、一週間ほどして、今度は、服部がひとりで飲みに来たといいます。ママが彼に、今日はスポンサーは一緒じゃないのと、きいたそうです」

「そうしたら？」

「服部は、得意そうに、あの女がおれに惚れて、いくらでも金を出してくれるんだといって、その日は、彼が現金で、ぽんと四万円近く払って帰って行ったといいます」

「面白いね」

「ママにいわせると、あの美人が服部に惚れているとは、とても思えなかったそうです。だから、きっと服部が彼女の弱味を握って、ゆすっていたんじゃないかと、私にいっていましたが」

「ゆすりか。その美人のことで、何かわからなかったのかね？」

「とにかく、一度しか、来なかったそうですから、何も、わからんのです」

と日下はいった。

## 5

夜おそくなって、清水が、その女の似顔絵を持って、帰って来た。

専門家を連れて行き、描いてもらったものだった。

十津川は、念のために、それを持って日下と、新宿のクラブ「リヨン」に行き、ママに見せた。

「よく似てる」

とママはいった。

「どこか、直すところは、ありませんか？」

十津川は、きいてみた。

「そうね。感じとしては、もう少し理知的な感じがしたわ。頭のいい女の人って、感じね」

「どのくらい、ここにいたんですか？」

「そうね。一時間くらいかな」

「服部が連れて来たんでしたね？」

「ええ。もう一人の女の人とね」

「この絵の女と、服部とは、どんな関係に見えました？」

と十津川がきくと、ママは笑って、

「服部さんは、おれに惚れているんだって、いってましたけどね。あれは、違うわ。もう一人の女の人が、彼の恋人だったんでしょう？」

「そうです。同棲《どうせい》していた女です」

「その女の人が、平気でいたんだもの。ぜんぜん関係なしね。女は、そういうことに敏感だわ」

「それで、服部が何か弱味を握っていて、彼女をゆすっているんだと思ったんですか？」

と十津川はきいた。

「ええ。そうなの」

「違うといったら、あとは、どんなことがあると思いますか？」

「どんな男ですか？」

「そうだとすると、あの二人は、どんな関係だったのかしらねえ。とにかく、似合わない二人だったわ。彼女には、もっとふさわしい男がいると思うのよ」

「違うんです」

とママがきく。

「違うの？」

「そうねえ。教養と財産を二つとも持っていて、優しい男ね。服部さんは、ぜんぜん、ふさわしくないわ。がさつだし、お金もないしね」

「そんな二人が、どうして、一緒に飲みに来たり、彼女が金を出したりしたんですかね？」

「私にきかれても困るんだけど、きっと、何かの利害関係があったんだと思うわ。どっちがどっちを利用しているのか、わからないけど」

とママはいった。

そのとき、店にいたマネージャーにも、十津川は、彼女のことをきいてみた。

この店に、七年いるというマネージャーは、十津川に向かって、

「彼女は、あの日、ほとんど喋《しゃべ》りませんでしたね。お喋りは、もっぱら、服部さん

と、もう一人の女でしたよ」

と、いった。

「それでも、少しは、喋ったでしょう？」

「ええ」

「何をいったか、覚えていますか？」

「何を、喋ったかなあ」

とマネージャーはしばらく考えていたが、

「あの絵のことを、いろいろといっていましたよ」

と壁に掛かっている絵を指さした。

ピカソの版画だった。

「どんなふうに、あの絵のことを、話したんですか？」

「ピカソの版画を集めているようなことを、いっていましたね。絵は好きなようでしたよ」

「ピカソが、好きなのかな？」

「ええ。私がその話の相手をしたんですが、何枚か持っているといったので、版画でもかなりの金額でしょうと、いったんです」

「それで?」

「彼女、笑っていましたね。それから、自分の知ってる人は、ピカソの版画を百枚近く持っていると、いっていましたよ」

「男かな?」

「と、思いますね」

「その男のことは、他には、話さなかったんですか?」

「服部さんが話しかけて来ましてね。それで終わりです」

とマネージャーはいった。

## 6

少しずつ、何かが、わかって来た。

服部明と坂本陽子の二人の背後に、女が一人いたのが、わかって来た。

美人で、ピカソの版画の好きな女だ。「リヨン」のママやマネージャーにいわせると、二十七、八歳の女だともいう。

彼女が一人で、二人のスポンサーになったとは思えない。

女が一人で、二人を殺すことは、まず不可能だからである。

男もいたに違いない。女がマネージャーにいった、「ピカソの版画を百枚近く持っている男」が、その男だろうか？

警視庁に戻った十津川は、モンタージュを、すぐ北海道の道警本部に、ファックスで送った。

同時に、向こうにいる西本刑事に電話をかけた。

「一人、女が浮び上がって来た。モンタージュを道警に送ったから、それを拘置されているカメさんに見せるんだ」

「見せて、心当たりがあるかどうか、聞くわけですね？」

「そうだ。心当たりがあれば、その女が、カメさんを罠にかけた可能性が出てくるんだ」

と十津川はいった。

翌二十九日、西本は、拘置所の亀井に見せたらしく、電話がかかって来た。

「残念ですが、カメさんは、心当たりがないといっています」

「本当に、そういったのかね？」

「はい。何回も見直していましたが、いくら考えても、心当たりはないと、いうんです。前に会ったことはないそうです」

「そうか」

と十津川はいった。

亀井が心当たりがないといえば、それを信じるより仕方がない。

もちろん、だからといって、モンタージュの女が、今度の事件に関係ないとはいえない。

知らないところで、恨みを買っていることは、十分にあり得るからである。

(だが――)

十津川は、常に亀井と一緒に仕事をして来た。

とすれば、亀井が恨みを買っていることがあれば、それは、十津川も、同じ人間から恨みを買っているのではないのか。

もちろん、服部明のようなケースはある。

亀井がプライベイトに動いているときにぶつかった事件では、十津川に関係なくなるのだが、そんな事件が多いとは思えなかった。

それに、大きな事件なら、亀井が十津川に話してくれていただろう。服部明のことを話さなかったのは、多分、亀井が自分の武勇伝に照れてしまったからに違いない。

十津川は、もう一度、モンタージュを見直した。

もし、亀井と一緒に捜査に当たっていて、その途中で出会ったのなら、十津川も覚えていなければならない。

十津川は、亀井と一緒に捜査した事件を、思い出してみた。

数え切れないほどの事件がある。大量殺人もあれば、小さな事件もあった。凶悪な犯人もいれば、同情すべき犯人もいた。

もし、その中で、亀井が恨まれたとすれば、逮捕した犯人側の人間ということになるだろう。

現在、刑務所に入っている人間の家族だろうか？　しかし、死刑囚でない限り、無期でも、いつかは出所できる。本人が出所してから、亀井を襲うことは考えられるが、まだ、中にいる人間の家族が、亀井に何かするということは、まず考えられなかった。

だから、家族の者が、捜査した刑事に恨みを抱いて復讐に出る場合は、死刑囚の関係か、捜査の途中で、不幸にして死亡してしまった犯人の家族ということになる。

犯人を殺してしまうことは、めったにない。アメリカのように、やたらに拳銃を使って、犯人を射つということがないからである。

それでも、相手が凶悪犯で、銃やダイナマイトを振り廻している場合は、やむを得ず、こちらも、拳銃を使うことがある。

相手が暴力団員の場合は、特にそれが多い。

だが、相手を射殺してしまったことが、あったろうか？　特に亀井が、である。

十津川は、改めて、過去の事件を調べてみることにした。

十津川と亀井が関係した事件で、犯人を射殺したのは、三人である。これが多いか少ないかはわからない。ただ、最近は、犯人が武装していることが多いので、この件数は、今後、多くなるだろう。

しかし、この三人のうち、亀井が射殺したものは一件もなかった。

十津川自身がやむを得ず射ち、その結果、相手が死亡してしまったのが、一人、あとの二人は、若い刑事だった。

(これで、ますます、わからなくなったな)

と十津川は思った。

家族でないとすると、犯人本人ということになるだろうか？

亀井が送り込んだ犯人のうち、何人かは、刑期を了《お》えて、出所している。

その中の一人が、復讐の念に燃えて、今度の事件を計画したのだろうか？

モンタージュの女が、その人間だとは思えない。というのは、過去、亀井が逮捕して、刑務所に送り込んだ犯人の中には、この女性はいないからである。

とすれば、その犯人の恋人ということになってくる。

十津川は、出所した人間が、現在、どこで、何をしているか、日下たちに調べさせることにした。

過去に、亀井が逮捕して、有罪となり、服役し、その後、出所した人間は、全部で四人である。

男三人と、女一人。

師走の町での捜査は難しかった。たいていの人間が郷里に帰ってしまうからである。中には、正月を海外で送る人もいる。まさか、海外まで追いかけて行って、話を聞くわけにはいかないのだ。

幸い、この四人は、まだ日本にいた。

男三人のうち、一人は、肝臓を悪くして入院していた。年齢は、五十二歳。六年間、刑務所にいた男である。

酒好きだったこの男は、出所したあと、今までの空白を取り戻そうとするかのように、連日、大酒を飲み続けたのである。

「もう肝硬変になっていて、医者は、家族にあと一年ぐらいだといっているようです」

と日下は報告した。

「そうか」

と十津川はいっただけである。

この男は、除外していいだろうと思うが、それとは別に、こういう話を聞くのは、辛かったからである。

逮捕して送検するまでが、刑事の仕事と割り切ってはいたが、その後、その犯人が、病死したり、新しい犯罪にのめり込んだというのを聞くと、胸が痛む。

あとの二人の男のうち、一人は死亡し、もう一人は、家業の材木屋をやってることが、わかった。

「商売は、今のところ安定しているようですし、問題の日には、東京にいたことが確認されました」

と清水が報告した。

最後の女性については、最近、捜査一課に配属された北条早苗《ほうじょうさなえ》刑事が、報告した。

「彼女は、自殺していました」

と北条早苗は、十津川にいった。

「自殺した？　出所したばかりじゃないのかね？」

驚いて、十津川はきいた。

その女の名前は、結城《ゆうき》かおりである。

確か、一年前に出所したはずである。それが、なぜ、自殺してしまったのだろう？

「理由は、何なんだ？」

「わかりません。マンションで、ガス自殺でした。遺書は、なかったそうです」

「まだ、若かったんじゃないか？」

「三十一歳でした」

「家族は？」

「父親と、兄がいます」

「確か、資産家の娘だったと思うんだがね」

「そうですわ。父親は、N化学の副社長です」

「そうだった。出所後は、一緒に住んでなかったのかね？」

「父親に話を聞きましたが、彼女の希望で、ひとりで生活させておいたということですわ」

「兄は、どうなんだ？」

「彼女の兄は、三十五歳で、N化学で働いていたんですが、今は辞めて、自分で商売をやっています」

「彼も、妹の自殺の理由は、知らないといっているのかね？」

「父親と同じです。わからないといっていますわ」

「どうも、気になるな」

と十津川はいった。

あれは、七年前に起きた殺人事件だった。

殺されたのは、荒木《あらき》徹《とおる》という二十九歳の男だった。

美男子で、弁が立つ、なかなか魅力的な男だったが、一皮むけば、なまけ者で、どうしようもない女たらしだった。

結婚サギの前科もあった。

犯人は、彼にだまされた女であろうという想像はついた。

容疑者は、何人か浮かび上がったが、その中でもっとも犯人らしくなかったのが、結城かおりだった。

当時二十四歳。大学を卒業して、商事会社に入ったばかりのときだった。

美人で、聡明《そうめい》な彼女が、なぜ、あんな男に引っかかったのか、十津川も、疑問に思ったくらいである。

しかし、男と女の関係は、わからない。

亀井が、独特の粘りで、結城かおりを追い詰め、荒木徹を毒殺したことを自供させたのである。

父親は、金に飽《あ》かして、優秀な弁護士を傭《やと》った。

その結果、六年の実刑で、服役したのである。

「もう一度、調べてみる。一緒に来たまえ」

と十津川は、早苗にいった。

## 7

まず、結城かおりが住んでいたというマンションに、行ってみることにした。

早苗が案内したのは、六本木にある高級マンションである。

父親が、出所した娘のために、借りてやったのだろう。２ＬＤＫで、一ヵ月の部屋代が三十万円だという。

十津川たちは、部屋に入れてもらった。

「あのときは、大さわぎでしたよ」

と管理人が十津川にいった。

「ガス自殺というのは、本当なのかね？」

と十津川はきいた。

「そうです。覚悟の自殺ですよ、あれは」

「なぜ、そう思うんだ？」

「膝を、きちんと縛って、死んでいましたからね」

「彼女は、何をしていたのかな？」

「翻訳の仕事をなさっていたと、聞いていますよ」

と管理人はいう。

なるほど、部屋には、洋書が何冊も置かれてあった。

（おや？）

と十津川が眼をやったのは、壁にピカソの版画があったからである。

たった一枚だが、それが十津川には気になった。

服部明と一緒に、新宿のクラブに飲みに来た美人が、ピカソの版画を好きだといっていたからである。

これは、ただの偶然の一致だろうか？

「今、有名な画家の版画を集めるのが、流行《はや》っているんです」

と早苗がいった。

「君も、ピカソの版画を集めているのかね？」

十津川がきくと、早苗は、

「私は、ピカソより、シャガールが好きなんです。一枚だけ、シャガールの版画を持ってますわ」

「そりゃあ、たいしたものだ」

「本物の絵は高くて買えないのですが、版画なら、何とかお金を溜めて、一枚ぐらいは買えるでしょう。それに、有名な画家のものなら、必ず値上がりしますから」

「絵も、財テクの一種なのかね」

「それに、好きな画家のものを、毎日、見られますから」

と早苗はいった。

十津川は、肯《うなず》きながら、隣りの部屋をのぞいてみた。

八畳の洋間である。結城かおりは、自分でも絵を描いていたらしく、画架などの絵の道具が置いてあった。

「ＫＡＯＲＩ」の署名の入った絵が何点か、壁にもたせかける形で並べてある。

十津川は、その絵を一つ一つ見ていった。

結城かおりの絵の才能が、どの程度のものか、十津川には、わからない。十津川自身、絵を勉強したことがないし、犯罪を追いかけている毎日では、ゆっくり名画に接している時間的余裕が、なかったからでもある。

ただ、結城かおりの絵が、ひどく混乱していることだけは、わかった。

花を描いた静かな絵があるかと思うと、真っ赤な血を噴き出して、苦しむ女の絵がある。苦しみ、もだえている女の顔は、美しくはなく、醜く、ゆがんでいる。

「まるで、別の人が描いたみたいですわ」

と早苗がいった。

「君も、そう思うかね？」

「はい」

「簡単にいえば、分裂症気味だったということかな。それで、自殺したのか」

十津川は、口の中で呟《つぶや》いた。

だが、それが、自殺の原因だとしても、亀井の事件へどう結びついていくのか。

「彼女の兄貴というのに、会ってみたいね」

と十津川は声に出していった。

# 第四章　ピカソの版画

## *1*

結城かおりの兄、結城誠《まこと》の家は、渋谷区広尾《ひろお》のマンションだった。

六本木の妹のマンションより、さらに広く、一五〇平方メートルくらいはあるだろう。

早苗は、「超豪華マンションですわ」といったが、確かにそのとおりだった。

通された部屋は、畳敷きでいえば、三十畳くらいはあるだろう。パーティが楽にできそうな広さだった。

結城誠は、長身で、色白な男だった。

「ここで、ひとりで住んでいらっしゃるんですか？」

と十津川は、部屋の中を見廻しながら、きいた。

結城は、微笑して、

「ええ。ひとりです」

「結婚は、されないんですか？」

「別に、主義で独りでいるわけじゃありませんが、何となく、面倒で」

と結城はいう。

「ピカソの版画は、お好きですか？」

唐突に、十津川がきいた。

結城は、「ピカソ？」と、おうむ返しにいってから、

「嫌いじゃありませんよ。なぜですか？」

「亡くなられた妹さんが、ピカソの版画を、一枚お持ちだったので」

「ああ、あれは、僕があげたものです」

「というと、あなたは、ピカソの版画を何枚もお持ちなわけですか？」

「ピカソだけじゃなくて、他の画家のものも持っていますよ。僕自身の趣味もありますが、仕事でもありますから」

「仕事？」

「絵を含めて、美術品の売買をやっています。銀座に店を持っていますから、今度、おいでになって下さい。といっても、正月は休みで、五日から店を開けますが」

と結城はいった。

「妹さんのことを、少し、うかがっていいですか？」

十津川がきくと、結城は、当惑した顔で、

「妹のことは、どうも話すのが、辛いんですがね」

「わかりますが、仕事なので、我慢して下さい」

「しかし、自殺してしまった人間を、なぜ追いかけるのかわかりませんね。死因に疑問でもあるんですか？」

「いや、そんなことはありません。正直にいいますと、私と一緒に働いていた亀井という刑事が、北海道で殺人容疑で逮捕されてしまいました」

「そのことなら、新聞で見ましたよ。確か、自分の子供を誘拐した犯人を、怒りのあまり殺してしまった事件でしょう。親としては、当然の心情だと思いますね。僕が亀井さんでも、同じことをしたんじゃないかな」

と結城はいう。

「それが、どうも、はめられたと、私は思っているんですよ」

「はめられた？　よくわかりませんがね」

「詳しい説明は、はぶきますが、亀井刑事に恨みを持っている人間の仕掛けた罠に、はめられたのではないかと、思っているわけです」

十津川がいうと、結城は、ちょっと考えていたが、急に眉を寄せて、

「まさか、妹が何かしたと、いうんじゃないでしょうね？」

と十津川を、見た。

「いや、妹さんは、自殺なさってしまっているから、そんなことはできません。ただ、妹さんを七年前に逮捕したのは、亀井刑事でしてね。例えば、妹さんのことを好きだった男がいて、その男が、亀井刑事を罠にかけたのかもしれません」

「――――」

「妹さんが出所してから、親しくしていた男性を、知りませんか？」

と十津川は聞いた。

「知りませんねえ。かおりに、そんな男がいたとは思えませんよ」

と結城はいう。

「しかし、あれだけ美しい人ですからね。彼女を好きだった男がいても、おかしくはないんですがね。妹さんの自殺の理由は、何だったんですか？」

「遺書がないので、本当の理由はわかりません。ただ、六年間も、刑務所暮らしをしていて、精神が不安定になっていたことは、確かです。自殺は、そのせいだと、僕は思っていますがね」

「ところで、この女性を知りませんか？」

十津川は、例の女のモンタージュを取り出して、結城に見せた。

「この女性が、どうかしたんですか？」

「理由は、今はいえませんが、会って、話を聞きたいことがありましてね」

「なぜ、僕が、知っていると思うんですか？」

「別に理由はありません。お会いする人全員に、聞いているんですよ」

「そうですか。なかなかきれいで、魅力的な女性ですが、残念ながら知りませんね」

と結城はいった。

## 2

十津川と早苗は、結城のマンションを出た。

「あの男が、亀井刑事を、罠にはめたんでしょうか？」

と早苗が、警視庁への帰り道で、十津川に聞いた。

「わからんね。もし、結城が犯人だとすると、自殺した可哀そうな妹の仇をとろうとして、カメさんを罠にはめたことになるんだが」

「きっと、そうですわ」

「妹が自殺したのは、カメさんが、彼女を刑務所に送り込んだからだと思ってかね？」

「ええ」

「少し、動機としては、弱いとは思わないかね？」

「そうでしょうか？」

「妹の結城かおりは、殺人を犯したので、カメさんが逮捕したんだ。七年前の事件で、君は、知らないだろうが」

「昨日、当時の調書を読みました。被害者は、女性の敵だったようですが」

「そうだね。だから、殺されても仕方のないような男だったともいえる。六年の判決は、そのせいだったんだ」

「ええ」

「それは、ともかく、彼女は、殺人を犯したんだ。刑事が逮捕するのは、当然の仕事でね。それを、いちいち恨まれてはかなわない」

「でも、家族にしてみれば、感情は、別かもしれませんわ」

「それはわかるよ。しかし、たいていの家族は、人を殺したんだから仕方がないと、考えるものじゃないかね？」

「ええ。ただ、中には、それを恨む人も、いるかもしれませんわ」

「あの結城誠が、その特別な人間ということか？」

「二人だけの兄妹だったんですから」

「女性の眼から見て、あの男は、どんな感じだね？」

と十津川がきいた。

「なかなか魅力的ですわ。美男子だし、優しそうですし、それに、お金持ちだし――」

「なるほどね」

「なぜ、独身なんでしょうか？」

「そのほうが楽しいからだろうし、恋人はいるんだ」

「服部明と、新宿のクラブに飲みに行った女性ですか？」

「そうだよ。彼女が結城の恋人だとすれば、彼が今度の事件につながってくるんだ」

と十津川はいった。

警視庁に帰ると、十津川は、刑事たちに、結城誠の身辺を洗って、彼の女を見つけるように指示した。

その女がモンタージュの女と同一人なら、事件解決へ一歩を踏み出したことになるのだ。

捜査は、困難だった。

すでに、十二月三十日を迎えていて、会社は、殆ど休みに入っていたし、銀座や新宿のクラブやバーも休みの店が多かったからである。

結城が持っている銀座の美術・骨董品の店も、行ってみると、「一月四日まで休みます」の札がかかり、彼自身は、箱根の別荘へ行ってしまった。

十津川は、その別荘に、日下刑事をやって、結城を監視させた。彼の女が現われるかもしれなかったからである。

一方、他の刑事たちは、結城の友人や、彼の下で働いている銀座の店の従業員を探し出しては、彼の女性関係を聞いて歩いた。

その誰に聞いても、結城は、女にもてるという。

当然だろう。北条早苗もいうように、もてる条件が揃っている。長身の美男子で、金もある。

つき合っている女は何人もいると証言する友人に、刑事たちは、モンタージュを見せた。

しかし、彼らの答えは、全員が、見たことがないというものだった。

「結城がつき合っている女の中には、新人タレントや、テレビのニュースショーのアシスタントの女性もいるようです」

と清水刑事が報告した。

十津川は、そのアシスタントの女性というのに、会ってみることにした。

テレビ局は、年末も休まない。

小柴由美《こしばゆみ》というKテレビのアナウンサーに、テレビ局の喫茶室で、十津川は、話を聞くことができた。

すらりと背の高い、細面《ほそおもて》の女性だった。

「結城さんとは、お友だちですわ」

と由美は、まず十津川にいった。

「どこで、知り合ったんですか？」

「アンティックなものに興味があるんです。たまたま銀座を歩いていて、結城さんの店へ入ったら、彼が、いろいろと説明してくれて、それからのおつき合いですわ」

「結城さんは、女性によくもてるということですが」

と、十津川がいうと、由美は微笑して、

「ええ。私の知ってる女性タレントで、結城さんに夢中の人を、知っていますわ」

「この人じゃありませんか？」

十津川は、由美にモンタージュを見せた。

由美は、ひと目みて、簡単に、

「違いますわ」

といってから、もう一度、モンタージュを見た。

「思い出してもらえましたか？」

「いえ、そうじゃありませんけど、この人、眼のあたりが、結城さんの妹さんに、似ていると思って」

と由美はいう。

なるほど、そういえば、眼もとが、自殺した結城かおりに似ているような気が、十津川もした。

「彼の妹に、会ったことがあるんですか？」

「二度でしたか、お会いしたことがあるんです。とても、魅力的な人でしたわ」

「自殺したのは、知っていますか？」

「ええ。知っていますわ」

「なぜ、自殺したか、わかりますか？」

十津川がきくと、由美は、困ったなという顔をして、

「わかりませんわ。でも、とても、傷つきやすい人のように見えていたのは、覚えているんです。いつも、何かに苦しんでいるような感じでしたわ」

「彼女が、殺人を犯して、刑務所に入っていたことがあることは、知っていましたか？」

と十津川は、思い切っていってみた。死者を鞭打《むちう》つことになるが、殺人事件の解決のためだから、許されるだろう。

由美の顔色が、動いたところをみると、どうやら知らなかったらしい。

「そんなことが、あったんですか」

「そうか。兄の結城さんが、いうはずはありませんね」

「ええ」

「妹さんが亡くなったときの結城さんの様子はどうでした？」

「そのとき、私は仕事で、アメリカへ行って、帰って来てから知ったんです。それで、結城さんに、お悔《くや》みの電話を入れたんですけど、さすがに、ずいぶん参っているようでしたわ」

と由美はいった。

## 3

なかなか、モンタージュの女を見たという人間には、会えなかった。

十津川が、もうひとつ力を入れたのは、結城誠のアリバイだった。

彼が真犯人とすれば、亀井の息子が誘拐された十二月二十四日と翌日の二十五日の二日間は、少なくとも、北海道に行っているはずだった。

調べた結果、結城の銀座の店は、前日の二十三日から休みになっていることがわかった。

その事実を知ってから、十津川は、三十日の夕方、箱根の別荘に結城を訪ねた。

彼の監視に当たっていた日下にまず会って、誰も訪ねて来ていないのを確認してから、結城に会った。

「こんな所まで、わざわざおいでになって、何のご用ですか？」

と結城はきいた。

「あなたの銀座の店のことで、お話を伺いたいと思いましてね」

「そんなことなら、電話を下されば、お答えしましたよ」

「十二月二十三日から休業していますね？」

「ええ。一月四日まで、休みます」

「なぜ、十二月二十三日からなんですか？」

十津川がきくと、結城は苦笑して、

「なぜといわれても困るんですが、僕の仕事は、暮れになると、もう駄目なんですよ。それで、少し早いとは思ったんですが、二十三日から休ませてもらうことにしました」

「それで、あなたは、休みの間、何をされていたんですか？」

と十津川は、きいた。

「なぜ、そんなことをお聞きになるんですか？　僕の店ですよ。いつから休んでもかまわないんじゃありませんか？」

結城は、眉をひそめて、十津川を見た。

「お答えいただけませんか？」

「自宅で、帳簿の整理をしていましたよ」

「北海道へ行っていたんじゃありませんか？」

「北海道？　なぜ、僕が、北海道へ行かなければならないんですか？」

「実は、あなたを、十二月二十四日と二十五日に、北海道の列車の中で見たという人がいたものですからね」

十津川は、カマをかけてみた。

さすがに、結城は笑った。

「それは、何かの間違いでしょう」

と彼はいった。

十津川としては、それ以上、突っ込めなかった。

「去年も、十二月二十三日から店を閉められたんですか？」

と十津川はきいた。

「いや、去年は、十二月二十七日から休ませてもらいました。これも、ちゃんと調べられたんじゃありませんか？」

「いや、今、聞いただけです。しかし、どうして、今年は、二十三日からにしたんですか？」

「それは、去年、二十六日までやってみて、二十三日からは、ほとんど商売にならなかったからですよ。それで、今年は、二十三日から休むことにしたんです」

「なるほど。去年を参考にしたというわけですか？」

「そのとおりです。お客がないとわかっていて、店を開けているのは、意味がありませんからね」

と結城は笑顔でいった。

十津川は、諦めて、結城邸を出た。

それを待っていたように、日下刑事が近づいて来た。

「今、東京へ連絡したら、若い女性の死体が発見されたそうです。例のモンタージュの女のようです」

と日下がいった。

## 4

十津川は、急いで東京に戻った。

新幹線の「こだま」に乗り、車中から連絡をとった。

問題の死体が見つかったのは、世田谷区代田のマンションだというので、十津川は、東京駅からタクシーで現場に急行した。

十津川が頼んでおいたので、初動捜査班は、死体を、まだ動かさずに置いておいてくれた。

高層マンションの一室である。

2DKのベッドのある部屋で、女は、ネグリジェ姿で殺されていた。

電気のコードで、絞殺されている。

顔がふくらみ、鼻から血が吹き出している。

だが、あのモンタージュの女と、すぐわかった。

「殺されたのは、多分、一昨日の夜だな」

と、初動捜査班の山口《やまぐち》警部が、十津川にいった。

「二十八日の夜か」

「そうだ」

「名前は？」

「森《もり》あや子だ。職業は、まだわからない。あとは、君に委せるよ」

と、山口はいい、引き揚げて行った。

十津川と清水刑事、それに北条早苗の三人が、残された。

死体は、解剖のために運ばれて行った。

十津川は、管理人に会った。

「明日は、家内と千葉に帰りたいんですが」

と初老の管理人は十津川にいった。

「大丈夫です。帰れますよ」

と十津川はいってから、

「死体を発見したのは、あなただそうですね？」

「ええ。森さんは、二十八日からハワイに行くって、おっしゃってたんですよ。それなのに、今日も、部屋の中に明かりがついているんで、おかしいなと思って、中に入ってみたんです。そしたら――」

「ドアに、カギはかかってなかったんですか？」

「開いていました」

「森さんですが、どんな仕事をやっていたんですか？」

「確か、モデルのような仕事をしていると、聞いたことがありましたよ。美人で、スタイルがいいから、そうかなと思っていたんですが」

「男が、訪ねて来たことはありますか？」

「私は見ていませんが、いつだったか、この部屋から、男の人の声が聞こえたことがありましたよ。あれだけの美人ですから、男の人の一人や二人いても、おかしくありませんが」

「この男の人を、見ませんでしたかね？」

十津川は、結城の写真を管理人に見せた。望遠レンズを使って、結城を撮ったものだった。

「今もいったように、私は、相手の人を見ていませんので――」

「そうですか」

十津川は、別に失望しなかった。出だしは、いつも、こんなものなのだ。

しかし、マンションの中の住人に、話を聞こうという段になって、十津川は困惑した。

このマンションの人たちも、あらかた、郷里に帰ったり、ハワイやグアムに出かけてしまっていたからである。独身者が多いマンションらしいから、なおさらだった。

十津川は、清水刑事や北条早苗と、部屋の中を調べることにした。

結城誠との関係が、証明できるようなものが見つかれば、よかったのだ。

「NMC」というモデルクラブの名刺が見つかった。

十津川は、そこに電話をかけてみた。

ここは、年末年始でも、仕事をしているのか、すぐ相手が電話に出てくれた。

「森あや子というモデルのことで、話を聞きたいんですが」

というと、マネージャーという男に代わって、

「彼女は、もう、うちとは関係ありませんよ」

「辞《や》めたんですか？」

「そうです。十一月末で辞めました」

「辞めた理由は、何ですか？」

「結婚するようなことをいってましたが、本当かどうか、わかりません」

「結婚ですか」

「ええ」

「結城誠という名前を、彼女から聞いたことはありませんか？」

「いや、ありませんね」

「彼女の男性関係について教えてくれませんか？　特定の男性は、いましたか？」

と十津川はきいた。

「結婚するというんだから、いたと思いますが、心当たりは、ありませんね」

「今月の二十四、五日に、彼女は北海道へ行きませんでしたかね？」

「今もいったように、先月末で辞めているので、わかりませんね」

「彼女と、一番親しくしていた仲間のモデルを教えて下さい」

「中村《なかむら》ヤスコかな」

「そこにいますか？」

「いや、今は、自宅のはずです」

と、マネージャーはいい、自宅の電話番号を教えてくれた。

十津川は、今度は、その番号にかけた。

「中村ですけど」

という女の声がした。

十津川は、警察であることを告げてから、

「森あや子さんが死にました。殺されたんです」

「えッ」

と中村は、大きな声を出した。

「それで、あなたに、話を聞きたいんですが」

「私が、そっちへ行きますわ」

と中村ヤスコがいった。

一時間ほどして、中村ヤスコが車で駈けつけた。

青い顔なのは、寒さのせいばかりではないだろう。本当にショックを受けているようだった。

死んだ森あや子と同じように、長身の女性だった。眼が大きくて、個性的な顔立ちをしている。

その大きな眼で、十津川を見つめて、

「本当に、あや子が殺されたんですか？」

「あとで、遺体の確認をしてもらいますよ」

「誰が、彼女を殺したんです？」

「あなたに、心当たりはありませんか？」

と今度は十津川がきいた。

「ぜんぜん。あや子は、幸福なはずだったんですよ」

「なぜ、幸福なはずだったんですか？」

「だって、結婚のために仕事を辞めたんですもの」

　とヤスコは、いう。

「あなたにも、そういったんですか？」

「ええ。でも、やっぱり違っていたのかな」

「やっぱりというのは、何のことです？」

「あたし、心配していたことがあるんです。あや子に好きな男がいるらしいことは、知っていたんです。ただ、結婚できない相手みたいなことを、ふっと、口にしたことがあったんですわ。だから」

「その辺を、もっとくわしく話してくれませんか」

　と十津川はいった。

「三ヵ月前くらいからだったかな、彼女の様子が、ちょっと、おかしくなったんですよ。落着きのあるほうだったのに、変にそわそわしたり、仕事中に、急にぼんやりした顔になったり。それで、これは、好きな男ができたなって、思いましたわ」

「その男のことを、聞いてみましたか？」

「ええ。それとなくね」

「答えは？」

「とても素敵な人だと、いっていましたわ。ただ、じゃあ、結婚しなさいっていったら、急に暗い顔になったんです。だから、結婚できない相手じゃないかと思ったりしていたんですけど」

「相手の名前を、いわなかったんですか？」

「ええ」

「相手の職業については、どうです？」

「それも、いいませんでしたわ。大切な人だから、あたしに隠していたのか、二人の関係が不安定だったから、隠していたのか、わかりませんわ。ただ、急に彼女がピカソの版画を買い込んだりしたのは、きっと彼の影響だと思いますわ。彼女は、絵になんか、興味を持っていなかったんですから」

「しかし、この部屋には、ピカソの版画は、ありませんがね」

十津川がいうと、ヤスコは、首をかしげて、

「おかしいわ。彼女、手に入れて、とても大事にしていたんです」

「どこに、置いてありました？」

「寝室の壁にかけているのを、見たことがありますけど」

ヤスコは、ベッドの枕元のところを指さした。

そういえば、かすかに痕《あと》らしきものがあった。

その版画は、どうしたのだろうか？　彼女を殺した犯人が、持ち去ってしまったのだろうか？

「この男に、見覚えはありませんか？」

十津川は、結城誠の写真をヤスコに見せた。

「とても、魅力的な感じの男性ですわね」

とヤスコは、いってから、

「これが、あや子の彼なんですか？」

「かもしれないんですが、証拠はないんです。誰か、一緒のところを見ていれば、いいんですがね」

「これを預かっていって、他の人にも聞いてみますわ」

とヤスコはいった。

十津川は、彼女を大学病院に案内するように、早苗に頼んだ。

残った清水刑事が、首をかしげて、

「今の彼女の証言を、どう思われますか？」

と十津川にきいた。

「何がだい？」

「殺された森あや子について、恋人はいたらしいが、結婚できない男だったみたいだと、いっていましたね」

「ああ、そういっていたね」

「ということは、家庭を持っている男ということになるんじゃありませんか。だから、結婚できない相手だと」

「つまり、結城誠じゃないということを、君は、いいたいのかね？」

「そうです。あの男は、独身で、金持ちです。いつでも、結婚しようと思えばできます。だから、あの男じゃないんじゃないかと、思ったんですが」

「そうだね。そういう考えもできるがね」

十津川は、あいまいに肯き、もう一度、じっくりと部屋の中を見廻した。

「何を、探されているんですか？」

と清水がきいた。

「部屋の様子が、前に見た、どこかの部屋とよく似ているんだよ」

「結城誠の部屋ですか？」

「いや、彼の部屋じゃないな。向こうは、ひたすら豪華だったよ」

「今度の事件で、われわれが見た家というと、他には——」

「北条君と私は、自殺した結城かおりの部屋を見ている」

「それと似ているんですか？」

「今から考えると、よく似ているんだ。全体の感じがね。それに、細かくいえば、カーテンの色とか、じゅうたんの色が似ているね」

「何か、意味がありますか？」

　と清水がきいた。

「どうかな。趣味が似ているというのは、二人とも若い女性だから、よくあることかもしれない。もし、二人がお互いを知っていたのだとなれば、結城かおりを通じて、森あや子が結城誠とつながってくるんだ」

「そのうち、女性二人が、すでに死んでしまっているとなると、確認のしようがありませんか？」

「残念だがね」

　と十津川はいった。

　それでも、十津川は、清水に向かって、ポラロイドカメラで、この部屋と結城かおりの部屋の写真を、細部まで撮っておいてくれと頼んだ。

何か気になって仕方がなかったからである。

十津川一人が、警視庁に戻った。

十津川は、本多捜査一課長に頼んで、森あや子の事件は、自分に担当させてくれるように頼んだ。

「やはり、亀井君の事件と関係があると、思うのかね？」

と本多がきいた。

「私は、あると思っています。服部明と坂本陽子が一緒にいたという女性は、森あや子に違いないと思うのです」

「それを、証明できるのかね？」

「彼女――というのは、服部たちと一緒に前にいた女のことですが、クラブ『リヨン』のママやマネージャーがよく顔を見ています。それで、その二人に遺体を見てもらおうと思っているんですが、もう十二月三十日なので、店は閉まっています」

「それは、大変だね」

「ママは、ハワイへ行ってしまっています。今、マネージャーが、どこにいるか調べさせています」

と十津川はいった。

十津川の要望が通って、すぐ捜査本部が設けられ、彼が責任を持って、森あや子の事件を追うことになった。

十津川は、北海道の西本刑事に電話をかけた。

「東京で起きた事件のことは、知っているね？」

と十津川がいうと、西本は、

「知っています。殺された森あや子という女は、例のモンタージュの女なんですか？」

「私は、そう思っている。明日、カメさんに会ったら、事件の解決は近いといっておいてくれ」

「それ、本当ですか？」

「真犯人も、追いつめられた気分になって、共犯者の女を殺したんだと、私は思っているんだよ。多分、口封じだ」

と十津川はいった。

電話をすませて、しばらくして、清水がポラロイド写真を撮って、捜査本部に戻って来た。

二つのマンションの写真を、二十枚ずつ撮って来て、それを机の上に並べた。

そこへ、北条早苗も顔を見せた。

「ヤスコさんは、大変な悲しみようでした」

と早苗は、十津川に報告した。

「彼女は、何かいっていたかね？」

「やっぱり、相手は、奥さんのいる人だったのかもしれないって、いっていましたわ」

「殺されたことについては、どうだね？」

「相手の奥さんが、嫉妬《しっと》のあまり、殺したのではないかって」

「なるほどね」

と十津川は肯いた。

常識的に見れば、そんな想像が生まれるのだろう。

早苗は、机の上に並べた写真を見て、

「何ですか？　これは」

と十津川にきいた。

「そうだ、女性の君の感想を聞きたいね。これは、自殺した結城かおりと、殺された森あや子の部屋の写真だよ。比べて見ての君の感想を聞きたいね」

「そうなんですか――」

と早苗はいい、興味深げに合計四十枚のカラー写真を眺めた。

「感じがよく似ていますわ。じゅうたんは同じ赤だし、カーテンの色も同じ、それにリビングルームのソファも、形が似ていますわ」

「そうなんだ。それで、若い君に聞きたいんだが、今の若い女性は、みんなこんな感じの部屋なのかね？」

と十津川は聞いた。

「いえ。私の部屋のじゅうたんは、薄茶ですし、カーテンは、もっと大きな模様が入っています」

と早苗はいう。

「すると、これほど似ているというのは、かなり、確率が小さいことになるかな？」

「そうですね、リビングルームのシャンデリアも似ていますわ。これだけ、いろいろと似ているのは、偶然とは思えませんわ」

「片方が、もうひとりを真似たかな？」

「それとも、共通の男性がいて、彼の好みが反映したのかもしれませんわ」

「つまり、結城誠か？」

「はい」

「もし、そうだとすると、森あや子が、結城誠の女だと、証明されるんだがねえ」

と十津川はいった。

## 5

とうとう、三十一日の大晦日《おおみそか》になってしまった。

(カメさんは、北海道の拘置所で、年を越すことになってしまうのか)

と十津川は思った。

できれば、大晦日までに、亀井を解放してやりたいと思っていたのだが、それは、どうやら難しくなって来た。

あとは、一月三日までに事件を解決し、真犯人を挙げることである。

昼近くなって、クラブ「リヨン」のマネージャーが見つかった。

マネージャーは、ママから、一緒にハワイへ行くことをすすめられたが、身体の具合が悪くて、行かなかったという。

それが、十津川たちにとっては、幸運だった。

十津川が、マネージャーを大学病院に案内した。

森あや子の遺体は、解剖が終わり、薄化粧されていた。

「よく見て下さい」

と十津川は、マネージャーにいった。

だが、マネージャーは、簡単に遺体を見て、

「ああ、この人ですよ」

といった。

「間違いありませんか？」

十津川は、念を押した。

「僕は、マネージャーで、人の顔を覚えるのは、うまいと思っているんです。それが、仕事の一部みたいなものですからね。特にこんな美人は、忘れませんよ」

「ピカソの版画のことを話したのも、本当ですね？」

「ええ。好きだといっていましたよ」

「その版画を、たくさん持っている人を知っているとも、いったんですね？」

「そうです」

「それをいったとき、彼女は、どんな表情をしていました？」

「と、いうのは、どういうことですか？」

「つまり、その人間に対して、彼女がどんな感情を持っているかということなんですがね」

と十津川はいった。

「そうですね。かなり親しい人のことを、いっているようでしたよ。一時、好きな男のことをいっているのかなと、思ったくらいですからね」

とマネージャーはいった。

「彼女のことで、他に何か覚えていることはありませんかね？」

「あの日、三人でうちの店へ来たんですがね。ホステスも三人ついたわけです。その一人が、彼女を銀座で見たっていってましたね」

「別の日にですか？」

「ええ」

「何時頃ですか？」

「午後六時頃だそうです。店が開く前です」

「銀座のどの辺でですか？」

「Nホテルの近くで、彼女が美術品を売る店から出て来るのを見たといっていました。ピカソの版画も、ここで買ったのかなと思ったと、いっていましたよ」

「Nホテルの近くの美術品の店ですか」

十津川は興奮した。結城誠の店が、Nホテルの近くにあったからである。

「そのとき、そのホステスさんは、彼女に声をかけたんですか？」

「いや、彼女が大通りへ出て、すぐタクシーに乗ってしまったので、声をかけそこねたと、いっていました。僕が絵も利殖になるといったもので、彼女も版画を買ってみようか、と思っていたんだそうです」

「そのホステスに、会えませんかね？」

「今は、ママと一緒にハワイへ行っています。帰って来るのは、来年の一月五日ですね」

「名前は？」

「本名は、島崎今日子《しまざききようこ》。店での名前は、ユキです」

「ハワイの何というホテルに泊まっているのかわかりませんか？」

「調べて、連絡しますよ」

とマネージャーはいってくれた。

まだ、はっきりと決まったわけではないが、十津川は、箱根にいる結城に電話をして、圧力をかけてみることにした。

時間がなかったからである。

# 6

結城が電話口に出ると、十津川は、

「森あや子という女性を、ご存知ですか？」

といきなりきいた。

「いや、知りませんね」

「二十八日の夜、自宅マンションで、殺された女性です」

「それは、お気の毒に。といって、僕とどんな関係があるんですか？」

「あなたと関係があった女性ではないかと、思われるんですよ」

「僕と？　なぜです？」

「あなたの銀座の店から、彼女が出てくるのを、見た人がいましてね」

と十津川がいうと、結城は、笑って、

「僕の店には、毎日、たくさんのお客が来ますよ。男も女もね。日本人も外国人もです。僕の店から出て来ただけで、関係があると思われたら、関係がある人間は、何百人にもなってしまいますよ」

といった。

十津川は、多分、そんな答え方をしてくるだろうとは思っていたのである。わかっていて電話したのは、結城に、少しずつ捜査が進んでいることを知らせて、あわてさせたかったからである。

「他にも理由があって、こちらでは、あなたと関係のあった女性と考えているんですよ」

「それは、大変、迷惑ですね」

「二十八日の夜の十一時から十二時まで、どこにおられました？」

と十津川はきいた。

十一時から十二時というのは、森あや子の解剖の結果わかった死亡推定時刻である。

「自宅におりましたよ。そんな遅く、外出する習慣はありませんのでね」

と結城はいう。語調に、皮肉なひびきが感じられた。

「そうですか」

と十津川がいうと、結城が改まった口調で、

「十津川さんに、ひとつ、お願いがあるんですがね」

「どんなことですか？」

「僕の別荘の近くに、車が一台、停まっているんですがね。乗っているのは、若い刑事さんでね。名前は知りませんが、あなたの部下じゃありませんか。こちらに別にやましいところはありませんが、うっとうしいので、東京に呼び戻していただけませんか。さもないと弁護士を通じて告訴しますよ」

と結城はいった。

十津川は苦笑し、呼び戻すことにした。

今のところ、結城は、殺人の容疑者ではない。十津川は、結城を怪しいと思ってはいるが、それは、推理でしかないのである。

結城が告訴して来たら、負けるだろうし、見破られてしまっては、監視の意味がなくなったからである。

夕方になって、日下も箱根から戻って来た。

「申しわけありません。見つかってしまって」

と日下は、十津川に頭を下げた。

日下は、車の中から、双眼鏡で見張っていたのだが、結城も、もっと倍率の高い双眼鏡で見ていたのだという。

「かまわないさ。監視されていたとわかれば、彼も圧力を感じるだろうからね。それだけでも、成功だよ」

と十津川は、なぐさめた。

十津川は、他の刑事たちに向かっても、

「私は、結城誠が、森あや子と組んで、今度の事件を起こしたと思っている。今のところ、何の証拠もないがね」

「結城と森あや子が、服部明と坂本陽子を使って、カメさんの子供を誘拐したということですね」

と清水。

「そうだよ。結城は、表面に出ないで、あや子を使って、服部と坂本陽子を、計画に引きずり込んだんだろう。服部は、カメさんを恨んでいたから、絶好のいけにえだったわけだ」

「服部たちは、あくまで誘拐して、カメさんに列車ジャックをさせる計画と思っていたのかもしれませんね」

「もちろん、そうだろう。だが、結城の目的は、最初からカメさんに殺人の罪をかぶせることだったんだ」

「それは、よくわかりますが、ひとつ、疑問をいってもいいですか？」

と日下が口を挟んだ。

「どんなことだね？」

「箱根の別荘を監視していて考えたんですが、犯人は、特急『おおぞら9号』の車内で、カメさんの息子を誘拐しています。二十四日にです。犯人は、どうやってカメさんが、二十四日に、息子と北海道へ行くのを知ったんでしょうか？」

「いい質問だ。私も、それが気になっていたんだよ」

と十津川はいった。

亀井は、もちろん、十津川や同僚の刑事たちには、かなり前から、北海道へ息子を連れて行くことは話していた。

行く日時や、息子が特急「おおぞら9号」に乗りたがっていることもである。

だが、十津川たちが、そのことを外部の人間に洩らしたことはない。

とすると、二つの経路が考えられた。

一つは、亀井自身が何気なく喋ったのか、あるいは、彼の家族、特に健一自身が、喋ったのが、犯人に伝わったかである。

十津川は、西本に連絡し、すぐ亀井に、その点を確かめてもらうことにした。

亀井からの返事が、西本からの電話でもたらされたのは、三十一日の夜である。

「カメさんは、心当たりをいくつかあげてくれたので、それを個条書きにして、ファックスでお送りします」

と西本は緊張した声で十津川にいった。

「そっちは、寒いだろうね？」

と十津川はきいた。

「ここのところ、連日、雪が降っています。東京に比べたら、段違いの寒さですよ。夜は、ずっと零下十度近くまで下がっています」

「カメさんは、大丈夫かね？」

「私より、平気のようです。ただ、カメさんも年齢《とし》ですから」

と西本はいった。

「少しでも、身体の調子が悪かったら、すぐ病院へ入れるように、拘置所へかけ合ってくれ。こちらからも、向こうへ電話で申し入れをしておくがね」

と十津川はいった。
西本がファックスで送って来たのは、次のようなものだった。
○亀井の口から、犯人に伝わったと思われるケース
①亀井は、S駅で降りるのだが、駅近くに「仙八《せんぱち》」という小さな飲み屋がある。ここに立ち寄ることがある。店の主人とも古くからの知り合いで、今年の冬の北海道行きのことも、喋った記憶がある。
②亀井の家の近くに、「アバンテ」という喫茶店がある。主人は、元警察官で、この夫婦とも知り合いで、休みの日には、ここで、よくコーヒーを飲む。息子の健一を連れて、ケーキを食べに寄ることもあり、北海道行きは話している。
○亀井の妻から伝わったケース
①亀井家は、団地住まいだが、団地内で、他の奥さんと子供の冬休みのことで話すことが多く、息子の健一が、十二月二十四日に北海道へ行くと話したことは、十分に考えられる。
○子供の健一から伝わったケース
①子供同士で話したと思われる。

「意外に、いろいろなケースがあるんですね」

と日下がいった。

「しかし、今から調べるといっても、飲み屋も喫茶店も、みんな休みじゃありませんか」

と清水がいう。

十津川は、そんな若い刑事を叱りつけた。

「わかり切ったことをいうな。カメさんは、今も拘置所に入っているんだぞ。店が閉まっていたって、人間は、どこかにいるはずだから、何としても見つけ出して、話を聞くんだ」

刑事たちは、大晦日の夜の町に出かけて行った。

十津川も、北条早苗と亀井の自宅近くの喫茶店「アバンテ」へ出かけた。

もちろん店は閉まっていた。一月五日まで休業の札がかかっている。

近くに店を開けていた煙草屋で、十津川は、マイルドセブンを買ってから、

「あの喫茶店のご主人は、どこに住んでいるのか知りませんか？」

と聞いてみた。

店番の老人は、「公園の向こうから通って来てますよ」といったが、正確な場所は知らなかった。

十津川と早苗は、白い息を吐きながら、公園の中を横切って行った。

幸い、大晦日なので、魚屋や八百屋、それにスーパーなどは、遅くまで店を開けている。

十津川は、片っ端から、それらの店に飛び込んでは、喫茶店のことを聞いて廻った。

果実店の主人が、よくコーヒーを飲みに行っているということで、「アバンテ」の主人の住まいを知っていた。

マンションの三階に、「長内《おさない》」という名前があって、そこに夫婦で住んでいるという。

いてくれればと祈りながら、十津川と早苗は、三〇六号室にあがって行った。

子供のいない長内夫婦は、食事をすませ、こたつに当たりながら、テレビを見て、新年を迎えようとしていた。

それでも、長内が十津川たちを迎えてくれたのは、彼が元警官だったからだろう。

「亀井さんのことは、ニュースで見ましたよ。信じられませんでしたね」

長内は、十津川と早苗に、コーヒーをすすめてくれた。

テレビでは、ちょうど、NHKの紅白歌合戦が始まったところだった。

「どうも、お楽しみのところを、申しわけありませんね」

と十津川はいった。

「いや、かまいませんよ。ビデオでとっておいて、あとで楽しみますから」

と長内はいい、奥さんにビデオのスイッチを入れておけといった。

「私たちは、亀井刑事が殺人を犯したとは思っていないのです。彼は、どんな場合でも、刑事としての自覚を忘れない男です。自分の息子を誘拐されていても、カッとして、誘拐犯を殺したりはしないはずです」

と十津川はいった。

「私も、そう思いますよ。私も警官だったからわかりますが、どんな場合でも、警官としての意識が働いてしまうものです。それで、私に何の用です？　家内がいないほうがよければ、奥に行かせますが」

「お店では、奥さんも一緒に働いておられるんですか？」

と十津川はきき、店に出ているという返事に、

「では、奥さんも協力して下さい。亀井刑事は、よく、お店に来ていたんですね？」

と二人にきいた。

「ええ。よく見えましたよ。亀井さんは、コーヒーが好きだから」

長内がいう。

「最近、お店で、亀井刑事が長男を連れて北海道へ行くことを、あなた方に話しませんでしたか？」

十津川がきくと、長内夫婦は、顔を見合わせていたが、奥さんのほうが、

「聞いたことがありますわ。息子さんが鉄道マニアで、北海道の親戚へ行くとき、新しい車両が走っている特急の『おおぞら9号』に乗るんだと、亀井さんはおっしゃっていましたわ」

といった。

「それは、私も聞きましたね」

と長内もいう。

「それは、何度もいったんですか？」

「今のが一度で、そのあと、息子さんといらっしゃったとき、もう一度、話してくれましたよ。息子さんが、乗りたい列車のことを、あれこれ説明してくれたんです。グリーン車がとても素晴らしいんで、亀井さんも、今度だけは、千歳空港からグリーン

車にするといっていましたよ」

「私も、息子さんから、その列車の写真を見せてもらいましたわ」

と奥さんもいう。

「十二月の何日ということも、いっていたんですか？」

「ええ。十二月二十四日に出かけるんだと、おっしゃっていましたわ。飛行機で千歳へ出て、そこから、息子さんが乗りたいといってる『おおぞら9号』のグリーン車に、乗ることになっていると」

「長内さんのお店のお客というのは、どういう人が多いんですか？」

と十津川はきいた。

「常連の方が多いですよ。それにこの近くに大学があるんで、学生さんも、よくいらっしゃいますよ」

「亀井刑事が、北海道へ行くことを話した二回目のときですが、いつもは来ていない、初めての客が来ていませんでしたかね？」

と十津川はきいた。

難しい質問だということは、わかっていた。案の定、長内夫婦は、顔を見合わせて、考え込んでしまった。

早苗が、十人の顔写真を二人の前に並べた。男五人、女五人の写真で、その中に、服部明、坂本陽子、森あや子、それに、結城誠の顔写真をまぜたものだった。

長内夫婦は、十枚の写真をじっと見つめていたが、奥さんが、「この人」といって、坂本陽子の写真を取りあげた。

「知ってるんですか？　彼女を」

と早苗が眼を光らせてきいた。

「名前は知りませんけど、この人に、亀井さんのことを聞かれたことがあるんですよ。警視庁に勤めている亀井という刑事さんが、よく来ると聞いたけど、本当ですかって」

と奥さんがいう。

「それは、いつ頃ですか？」

十津川が聞いた。

「日時は忘れましたけど、亀井さんが、息子さんを連れていらっしゃったのは、そのあとだったと思いますわ」

「他の顔に、見覚えはありませんか？」

「ええ。今、思い出したのは、この女の人だけですわ」

と奥さんはいった。

長内のほうは、覚えがないといった。

長内がコーヒーをいれ、奥さんが、それを客に配る役だというから、その差が出るのだろう。

十津川は、失望と喜びを同時に感じた。

失望は、喫茶店「アバンテ」に、結城と森あや子の二人が、現われたという証拠をつかめなかったことである。

喜びは、坂本陽子が亀井のまわりを動き廻っていて、彼と息子が、二十四日に、特急「おおぞら9号」に乗ることを知り得たことが、わかったことである。

十津川と早苗は、何か思い出したら、正月三箇日《さんがにち》でもいいから、すぐ連絡してくれるように頼んでおいて、長内夫婦と別れた。

## 7

捜査本部に、続いて戻って来た日下と清水の二人も、似たような収穫をもたらした。

彼等は、S駅の近くにある飲み屋「仙八」に出かけたのである。

この店も休みだったが、二人は、店の主人が埼玉《さいたま》県浦和市の弟夫婦の家へ行っているのを調べて、会って来たのである。

「面白いおやじでした」

と日下はいった。

「カメさんのことは、よく知っていましてね。協力してくれました。その結果、十二月に入ってから、急に顔を見せるようになった男のことを思い出してくれました。その男がカメさんのことを質問したのを、覚えていたんです」

と清水がいった。

「その男は、服部明です」

日下がいう。

「結城じゃないのか？」

「残念ですが、服部のほうでした。彼は、最初に店に顔を出したとき、店の主人に、警視庁の亀井さんが、ときどき飲みに来ると聞いたが、本当かとたずねたそうです」

「なるほどね」

と十津川は肯いた。

服部明と坂本陽子は、二人で亀井の動きを見張っていたということなのだろう。服部は、亀井が、ときどき飲みに行く「仙八」という飲み屋に当たり、坂本陽子のほうは、喫茶店「アバンテ」のほうを受け持っていたらしい。

そして、このどちらかで、服部たちは、亀井が息子の健一を連れて、十二月二十四日に、北海道へ行き、特急「おおぞら9号」のグリーン車に乗ることを知った。

彼らのバックにいた結城は、その情報をもとにして、誘拐計画を立てたに違いないのである。

問題は、わかっている。

「何とかして、結城と、この二人の関係を、実証するんだ」

と十津川は刑事たちにハッパをかけた。

「この二人と森あや子とが一緒にいたことは、証明されているんですから、森あや子と結城との関係が、立証されてもいいわけですね？」

と清水がいう。

「それでもいい」

「しかし、警部。もう、調べるところがありませんが」

と日下がいった。

「結城本人に当たっても、相手は、否定するだけでしょうし、あと三人は、死んでしまっています。この三人のマンション、正確にいえば、森あや子と、服部明たちのマンションですが、どれも調べずみです」

「まず、森あや子のマンション周辺で、聞き込みをやってくれ。殺したのは、結城に決まっている。二十八日の午後十一時から十二時までの間に、彼女のマンション近くで、結城を見た者がいないかどうか。結城は、車を持っている。車で行ったとすれば、その車が、目撃されているかもしれない。白いポルシェ911だ。車のナンバーは、北条君が調べている」

と十津川はいった。

早苗が、ポルシェのナンバーを、黒板に書きつけた。

その早苗を入れて、日下たちは、聞き込みのために、捜査本部を出て行った。

十津川は、ひとりで残った。

すでに夜の十時を廻っている。あと二時間足らずで、新しい年を迎えるのだ。

こんな形の年の暮れは、十津川には、初めてだった。

事件に追われて、正月三箇日を、捜査本部に詰めていたことはあった。

だが、片腕と頼む亀井が拘置所に入れられている年末は、初めてである。

十津川は、コーヒーをいれ、それを飲みながら、今度の事件について、もう一度、考えてみることにした。

いつもなら、亀井がいれてくれるコーヒーである。亀井がいれてくれると、美味《うま》いのだが、どうも、十津川がやると、苦味が強くなってしまう。

(今度の事件の発端は、いつだろう?)

と十津川は考えた。

七年前、結城かおりが、自分を裏切った男を殺したときだろうか?

十津川は、資料室から持って来た七年前のこの事件に関する調査日誌を、最初から読み返した。

十津川も関係した事件だから、読み返しているうちに、鮮明に思い出して来た。

今でも不思議なのは、犯人の結城かおりと、被害者荒木徹の取り合わせだった。

荒木は、口がうまく、何人もの女を欺《だま》して、金をまきあげていた。

荒木が毒殺されて、死体で発見されたとき、同情の声は、まったく聞かれなかった。

彼を知っている誰に聞いても、殺されて当然だという返事がはね返って来たのを、今でもはっきりと覚えている。

荒木には、正式に結婚した妻がいた。が、彼女は、荒木の生活に愛想をつかして、二年前に実家へ帰ってしまっていた。

それに、彼の妻には、アリバイもあった。

荒木に欺されて、金を貢《みつ》がされた女は、十数人に達していた。

その一人一人を洗っていって、残ったのは、四人の女性である。

中には、会社の金を、二千万円近く荒木に貢いで、馘《くび》になっていたOLもいた。かなり有名な女性タレントもである。

最初、その四人の中に、結城かおりは、入っていなかった。

彼女の名前が浮かんで、すぐ消えたのは、彼女の生きる地盤と、被害者荒木徹のそれとが、違い過ぎたからである。

荒木は、高校しか出ていない。卒業後、一度、自動車会社に就職したが、すぐやめて、さまざまな仕事をしている。

どれも長続きしなかったが、水商売に入ってから、女を欺すテクニックを身につけた。

女を欺して、巻きあげた金で、ブランドもので身を飾り、スポーツカーを乗り廻していた。

一方、結城かおりのほうは、お嬢さん学校といわれるN高校、N大学を出て、大きな商事会社に就職した。

誰に聞いても、彼女は、聡明だといった。

十津川自身が会って、話をしても、その聡明さに感心したものだった。

金にも不自由していなかったし、聡明なだけでなく、日本人離れした、彫りの深い美しさを持っていたから、別に荒木のような男とつき合わなくてももっと素晴らしい男性に恵まれているはずだった。

事実、結城かおりのまわりには、何人もの男がいた。エリートコースを歩くサラリーマンもいれば、若い芸術家もいた。

荒木よりはるかに秀《すぐ》れて、魅力のある男たちだったし、その中の何人かは、彼女と結婚したがっていたのである。

だから十津川は、彼女を、最初、容疑者から除外した。彼女が荒木と歩いているのを見たという証人が、出て来てもである。

だが、亀井だけが、結城かおりが怪しいと睨んで追いかけた。

亀井の追跡は、大変なものだった。彼女の父親は、これ以上、娘を追い廻したら告訴すると、刑事部長を脅したくらいである。

しかし、亀井の追及の結果、少しずつ、結城かおりと被害者荒木徹の関係が、明らかになって来た。

そして、決定的になったのは、ラブ・ホテルで荒木の撮った結城かおりの全裸写真が、見つかったことだった。ポラロイドで撮った写真である。

逮捕されたあと、結城かおりは、その写真をタネに荒木に脅迫され、やむを得ず毒殺したと、自供した。

十津川は、その自供の部分を読んでいった。

彼女は、荒木を殺し、その写真を取り返した。が、今のポラロイド写真が焼き増しできることを、忘れていたのだ。

結城かおりは、すべてを自供し刑務所に入った。

(男と女の関係はわからない)

と十津川は、思ったものだった。

あれだけ美しく、聡明な女が、ただの女たらしに手もなく欺されてしまう。男と女の関係は、特別なのだと考えたのだが、今になって考え直すと、また釈然としなくなってくる。

結城かおりが、荒木を毒殺したことは間違いない。

彼女が、ラブ・ホテルでヌード写真を撮られたことも事実である。その写真が、荒木の部屋から見つかっている。

だが、それでも、十津川には、納得できないものが残ってしまうのだ。

結城かおりは、本当に、荒木の魅力に引きずられていたのだろうか？

荒木は、殺される前、友人の一人に、

「いいとこのお嬢さんがよ、おれにメロメロなんだよ」

と自慢していたという。

明らかに、結城かおりのことである。

小説や映画では、上流階級の娘が、下品な、ただの女たらしに魅《ひ》かれて、どうしようもなくなっていくというのがある。

しかし、十津川は、現実はそんなものではないことを知っていた。上流階級の娘たちは、そんな男を馬鹿にしているものなのだ。現実は、そんなものである。

（どうもわからないな）

と十津川は腕を組んで考え込んだ。

荒木徹が、ケタ外れの美男子だったとか、セックスのテクニックが抜群だったというのなら、まだわかる。

しかし、荒木は、少しばかりいい男という程度だったし、彼に欺されたという女性たちに話を聞いても、特にセックス・テクニックが秀れていたのでもないようなのだ。

それに、荒木は、知識が乏しいので、話していると退屈だったという声もあった。

結城かおりのような女が、のめり込むタイプの男には、どうしても思えないのである。

だが、結城かおりは、自分のヌード写真を取り返すために、荒木を毒殺し、刑務所に入った。

考えてみれば、この行動もおかしいのだ。

彼女の家は、父親がN化学の副社長で、資産家である。

こういう家の場合、たいてい金で片をつけるものである。

荒木にしても、一番欲しかったのは、金だろう。一千万や二千万の金なら、結城家では、出せたはずである。

だが、そうでなくて、結城かおりは、荒木を毒殺した。

(わからんな)

と十津川は思う。

そして、今度の事件である。

犯人は、彼女の兄の結城誠と、十津川は、思っている。

亀井に逮捕されたかおりは、六年間、刑務所に入っていて出所したが、一年後に自殺した。

兄の結城は、妹の仇を討つために、今度の事件を計画したのだろう。

そこまでは、わかる。

だが、結城は、なぜ、七年前にやらなかったのだろう。

亀井を恨むのは、いわゆる逆恨みだが、それは、今でも同じことである。

それなら、妹が六年の有罪判決を受けて、刑務所へ入れられたときのほうが、亀井に対する恨みは、鮮烈だったのではないか。

そのときには、彼は何もしなかった。

そして、七年後、その妹が自殺したということで、妹の仇を討とうと、亀井を罠にかけた。

そのために、彼は、三人もの人間を殺した。もちろん、証拠はないから、今のところは推測である。

十津川は、この推測は当たっていると、確信している。

だが、なぜ、今になってという疑問は残ってしまう。

「わからないことが、多過ぎる」

と十津川は、声に出していってみた。

だが、わからないままにでも、正月三日までに、亀井の無実を証明しなければならない。

# 第五章　北帰行《ほっきこう》

## *1*

結城誠が、姿を消した。

結城にいわれて、監視を外した一瞬をつかれたのである。

マンションの駐車場から、結城のポルシェも消えていた。

ポルシェに乗って、どこかに消えたのである。

「逃げましたね」

と日下刑事がいった。

「これで、結城が犯人だということは、はっきりしたんじゃありませんか」

清水刑事もいう。

「君は、どう思うね？」

と十津川は北条早苗を見た。

「私ですか？」

「そうだよ。君は女性だから、男とは違う見方をするんじゃないかと思ってね。君も、結城は、逃げ出したと思うかね？」

「わかりませんわ」

「遠慮せずに、君の自由な意見をいってほしいんだよ」

と十津川はいった。

「結城誠は、愛人の森あや子も殺したんだと、私は思いますわ」

「その点は、全員が同意見だと思うね。結城は、自分と森あや子との関係を知られることを恐れて、殺したんだろう。彼女を通じて、服部明や坂本陽子との関係が、明らかになることを防ぐ気でもあったんだろうね」

と十津川はいってから、

「日下君たちは、だから、結城は逃げ出したんだろうと、いっているんだがね」

「追い詰められて、逃げ出したんだろうというわけですわね」

と早苗がいう。

日下は、反撥の表情で、彼女に向かって、

「他に、考えようがあるのかね？」

「追い詰められた気持ちがないとは、いえないと思いますわ」

と早苗はいった。

「それなら、逃げ出したという結論になるんじゃないかね？」

と日下がきく。

十津川は、そんな二人の議論を、興味を持って見ていた。

十津川は、女の直観を信じている。男は、直観力の点で、とうてい女には及ばないと、日頃から思っているからである。

それに、論理的に考えた結論が、必ずしも正しいとは限らないのだ。なぜなら、犯人は、時として、論理ではなく、感情で動くからである。

「そうですけど、結城は、愛人まで殺して身辺を整理したようにも見えますわ」

「だから？」

「それは、逃げるためじゃなくて、何か、新しい行動を起こす気なのではないかと思いますわ」

と早苗はいった。

「しかし、北条君。結城は、恨んでいたカメさんを、まんまと罠にかけ、共犯者三人を殺してしまったんだよ。新しい行動といえば、逃げるより仕方がないんじゃないか？」

日下が、きいた。

「理屈としては、そうですけど、私には、彼が逃げたような気がしないんです」

と早苗は、あくまでいった。

十津川が、口を挟んで、

「とにかく、結城の愛車のポルシェが消えているということは、車でどこかへ出かけたということだ。その車を探してみようじゃないかね。見つかれば、結城がどこへ行ったか、逃げたのかどうかもわかる」

「おそらく空港です」

と清水が、いった。

「空港ね」

「車で空港へ行き、海外へでも逃げたんじゃないかと、思いますね」

「結城には、かなりの財産があった。それを放り出してかね？」

「急いで処分して、現金に換えて、逃げたと思いますね」

と清水はいった。

「よし。それでは、各空港へ連絡して調べてもらうんだ。それから、北条君は、結城の財産がどんなふうになっているか、至急、調べてみてくれ」

と十津川はいった。

## 2

結城誠のポルシェ911は、簡単に見つかった。

成田空港の駐車場に、あったのである。

その知らせを受けて、日下と清水の二人が成田に向かった。

白いポルシェのナンバーを確認してから、日下たちは、各国の航空会社の営業の一つ一つに当たってみた。

駐車場に、問題のポルシェが置かれたのは、昨日の十二月三十一日である。

箱根にいた結城は、監視するなと、十津川に文句をいった。十津川が、監視していた日下を呼び戻した。

結城は、その直後に、ポルシェを駆って、成田国際空港に向かったのだろう。

そして、昨日三十一日中に、海外へ高飛びしたのか？

今日は、一月一日なので、ロビーにも、それらしい飾りがしてある。

結城誠の名前は、日本航空の営業所で見つかった。

夕方、一八時二〇分のハワイ行きの臨時便に、結城誠の名前があったのである。

「その臨時便というのは、どのくらいの乗客が乗っていたんですか？」

と日下が、きいた。

「満席で、五二八名の方が乗られました。最近は、正月を海外、特にハワイで迎える方が多くなりましたので、昨日だけでも、臨時便を五本出しました。いずれも満席でした」

「この結城誠という乗客のことを、よく覚えている人はいませんかね？」

「この臨時便の乗務員は、まだ戻って来ておりませんので」

とカウンターの職員は、申しわけなさそうにいった。

「では、戻って来たら、すぐ会わせて下さい」

と日下が、いった。

日下一人が成田空港に残り、清水は、捜査本部に戻った。

清水の報告は、十津川をがっくりさせた。

結城が、ハワイに高飛びしてしまったとすると、彼を捕え、自供させて、亀井を助け出すことができなくなってしまうのである。

結城が森あや子や服部明たちを使って、亀井を罠にはめたと、十津川は確信している。

しかし、それは、あくまでも、十津川の推理でしかないのである。

今のところ、結城には動機がある。妹の仇を討つ気だったという動機である。

服部明と坂本陽子が、森あや子とつながっていることも、証人がいて間違いない。

だが、森あや子が結城とつながっているという証拠はまだつかめていないし、結城が北海道へ行き、特急「おおぞら」の車内で服部明と坂本陽子を殺した証拠も、見つかっていないのだ。

そんな段階で、結城がハワイに高飛びしたことは、大きな痛手だった。といって、証拠もない現在、彼がハワイへ行くとわかっても、それを止めることはできなかったろう。

午後には、早苗も、捜査本部に帰って来た。

「結城は、かなり前から、家や土地を処分していたようですわ」

と早苗はいった。

「正月で、銀行なんかも休みなのに、よくわかったね」

十津川がいうと、早苗は、ニッコリして、

「簡単なことでしたわ。結城誠の自宅に行きましたら、もう別人がいて、年が明けた時点で引き渡すという契約で、去年中に買ったといっていました。銀座の店も同じですわ、今日から、名前が変わっています」

「全部で、どのくらいの金額かね？」

「結城の自宅を買った人も、銀座の店を買った人も、正確な金額は教えてくれませんでしたが、十億円は、はるかに越すと思いますわ」

「それを持って、ハワイに逃げたか」

「お金は、前もって、アメリカの銀行にでも、振り込んでおいたんだと思いますけど」

と早苗はいう。

しかし、元旦では、その裏付けのとりようがない。

「ハワイまで、追いかけますか？」

と清水刑事が十津川を見た。

「彼が犯人だという証拠があれば、どこまでも追いかけるがねえ」

「証拠ですか」

「今の段階では、アメリカ政府に、逮捕して、送還してくれと頼むわけにもいかん」

十津川は、憮然とした顔でいった。

「しかし、警部。考えようによっては、これで、結城が犯人と確定したんじゃありませんか。高飛びしたわけですからね」

と清水がいう。

「私が欲しいのは、証拠だよ。このままでは、カメさんを解放はできないよ」

十津川は、眉をひそめていった。

「これから、どうしたらいいんですか？」

と早苗がきいた。

「結城が、いつ、どこで、アメリカへのビザをとり、航空券を買ったのか、知りたいね」

と十津川は、いった。

「しかし彼がハワイへ飛んでしまった今、それを調べても仕方がないんじゃありませんか？」

と清水がきいた。

「君も、無意味と思うかね？」

十津川は、早苗にきいた。

「わかりませんが、何かの役に立つかもしれませんわ」

「それなら、何とかして調べて来てくれ」

と十津川はいった。

## 3

成田では、日下刑事が、スチュアーデス三人に会っていた。

問題の臨時便に乗務していたスチュアーデスたちだった。年末から年始にかけては、日航としても、かき入れどきなので、彼女たちも、とんぼ返りで戻って来たのだ。

「この写真を見て下さい」

と日下は、三人に結城誠の顔写真を見せた。

「名前は結城誠です。ツーリストクラスで、席は、前から十二列目の窓際です。そこにその男がいたはずなんですが、覚えていらっしゃいませんか？」

「さあ」

と三人は、考えていたが、

「何しろ、満席でしたし、一人一人のお客様の顔を覚えてはいられません。特別に印象に残る方もございますけど」

と一人が、いった。

それが、当然かもしれなかった。何しろ、五二八名の乗客がいたのだ。その中の一人の顔を覚えているというのは、かえっておかしいかもしれない。

「お客は、全員が搭乗し、ハワイに着いたわけですね？」

と日下は、念を押した。

「はい、そうですわ」

「ファーストクラスもある飛行機だったんですね？」

「はい」

「ファーストクラスなら、人数も少ないから、覚えていたでしょうね？」

と日下がきくと、三人とも、

「多分、覚えていたと思いますわ」

といった。

日下が、捜査本部に戻ったのは、夜の九時に近かった。

清水や北条早苗たちが、自分たちの調べたことを、十津川に報告しているところだった。

「結城がアメリカ大使館でビザをとったのは、十二月十五日です」

と清水が報告した。

十津川は、早苗に、

「君のほうも、わかったかね？」

「わかりましたわ。結城が、日航のハワイまでの航空券、十二月三十一日の臨時便のを購入したのは、十二月十四日です。銀座のプレイガイドで予約しておいて、その日に買っています」

「十二月十四日から十五日というと、カメさんが、健一君を連れて、冬休みに北海道へ行くことを、近くの喫茶店や飲み屋で話していた頃だな」

「それを知って、結城は、高飛びすることを考えて、切符やビザを手に入れておいたんだと思います」

と清水がいった。

「用意周到な奴だな」

と日下はいってから、自分の調べて来たことを、十津川に報告した。

「スチュアーデスは、結城の顔を覚えていなかったか」

「仕方がないと思います。乗客名簿にのっていますから、今、ハワイにいることは間違いないと思いますね」

「そうか――」

十津川は肯いて、煙草に火をつけた。

これで、正月三日までに亀井を帰京させることは、まず不可能になったと思った。

「畜生！」

と日下が叫んだ。

「私を、ハワイへ行かせて下さい。どんなことをしてでも、奴を引きずって来ますよ」

清水が、息まいた。

「まあ、待てよ」

と十津川がいった。

「しかし、こうなったら、誰かがハワイへ行って、奴を連れ戻すより、仕方がないんじゃありませんか？」

「無駄だよ。結城に戻る意志がなければ、今の段階では、連れ戻せないよ」

と十津川はいってから、

「なぜ、彼は、ファーストクラスに乗らなかったんだろう？」

と三人の顔を見た。

三人は、黙って顔を見合わせている。

「結城は、家なんかを処分して、十億円をはるかに越す現金を手に入れたわけだろう？　そんな大金の持ち主が、なぜファーストクラスに乗らずに、ツーリストクラスでハワイへ行ったのかね？」

と十津川は、きいた。

「それは、ファーストクラスだと、スチュアーデスに顔を覚えられてしまいます。それで、ツーリストクラスにしたんだと思いますが」

日下がいった。

「しかし、日下君。彼は、ちゃんと結城誠と搭乗カードに書いて乗っているんだろう？　それなら、スチュアーデスに顔を覚えられるかどうかは、関係ないんじゃないかね」

と十津川がいった。

日下が黙ってしまったので、十津川は、早苗に向かって、

「十四日に、結城が航空券を買ったとき、ツーリストクラスしか、残っていなかったのかね？」

「そんなことはありませんわ。ツーリストクラスのほうから、売り切れたといっていましたから」

と早苗がいう。

「すると、やはり、私のいった疑問は、残るわけだよ。結城というのは、いい家の生まれで、自尊心の強い男だ。とすると、こそこそとツーリストクラスで逃げるよりは、ファーストクラスで胸を張って逃げるほうだろう。それなのに、なぜツーリストクラスにしたのかねえ？」

「――――」

三人とも、黙っている。

「私が大胆な推理をしてみよう。結城は、ハワイへ逃げていないのではないか。別人が彼のパスポート、ビザ、航空券を持って、三十一日の臨時便に乗ったのではないか？」

と十津川はいった。

「しかし、そんなことが可能でしょうか？」

日下が、首をかしげた。

「普通なら、不可能だろうね。しかし、年末の臨時便が何本も出ているときなら、可能じゃないかね。それに、結城によく似た男がいれば、できると思うがね」

「しかし、可能だとして、結城は、何のために、そんな面倒なことをしたんでしょうか？」

と早苗がきいた。

十津川は、微笑した。

「それこそ、君のいったとおりの理由じゃないのかね？」

「私の？」

「君は、結城は、逃げたんじゃなくて、新しい行動を起こしたんじゃないかと、いった。それじゃないかと、思うんだがねえ」

「でも、警部。私は、彼がどんな新しい行動に出るか、まったく見当がつかないんです」

と早苗は、いった。

「それは、私にもわからんよ。しかし、結城が、ファーストクラスをとらなかったことで、ハワイへ行かなかった可能性も出て来たと思う。満席のツーリストクラスなら、顔のよく似た別人が乗っていても、スチュアーデスに気付かれる恐れが少ないからね」

「すると、結城は、成田へ行かなかったんでしょうか？」

「いや、行ったさ。だから、彼のポルシェが駐車場にあったんだ。ただ、車はおとりかもしれないな」

「ハワイ行きの飛行機に乗ったと、見せるためのですか？」

と日下。

「そうだ」

「しかし、結城は、ハワイへ行かなかったとして、何処へ行ったんでしょうか？」

清水がきく。

「問題は、そこだね。東京に潜伏するのなら、そんな面倒なことはしないだろう。だから、どこかへ出かけたんだよ」

「三十一日の夕方、成田でポルシェを降り、そのあと、どこへ行ったかということになりますね」

「もう一台の車を使ったかな？」

「レンタカーですか？」

「念のために、成田空港近くの営業所で、結城が車を借りなかったかどうか、調べてくれ」

と十津川はいった。

日下たちが、すぐ、レンタカーの営業所に電話をかけた。

しかし、結城誠の名前で車を借りた者はいなかった。

すると、タクシーか京成電車で、東京に戻ったのか？

戻ったあと、どこへ向かったのか？

「成田の駐車場に、結城のポルシェが置かれた正確な時刻は、わからないかね？」

と十津川は日下にきいた。

「三十一日の午後五時三十分です」

「それから、京成のスカイライナーで、上野まで一時間。一八時〇〇分成田発に乗ると、一九時〇四分に上野に着く。これに乗って、引き返したのかもしれないな」

「午後七時四分だとすると、上越、東北の両方の新幹線には、まだゆっくりと乗れますね」

と清水がいった。

「東京駅に行って、東海道新幹線にも乗れるよ」

「飛行機もまだありますわ。羽田へ行って、北海道でも九州へでも、行ける時間ですわ」

と早苗がいった。

「結城がハワイ行きに乗らなかったとすると、この時間ならどこへでも行けるんだな」

「年末でもありますしね。全部、調べても、結城は浮かんで来ないんじゃありませんか？　新幹線も国内航空便も、みんな満員だったでしょうからね」

日下が、肩をすくめるようにしていった。

「諦《あきら》めなさんな」

十津川は、励ますようにいってから、

「結城は、白いポルシエの他に、もう一台車を持っているんじゃないのかね？」

「調べて来ます」

とすぐ清水が飛び出して行った。

彼が戻って来たのは、夜半近くなってからである。

「警部のいわれたとおりです。最近、結城が国産車に乗っているのを見たという人が、見つかりました。白のソアラですが、ナンバーはわかりません」

「それは、間違いないんだろうね？」

大事なことなので、十津川は念を押した。

「目撃者は、結城の自宅近くの酒屋の主人ですが、結城がソアラに乗っていたので、車をお替えになったんですかと聞いたそうです。そうしたら、結城は、笑っていたそうですが」

「その車は、今は自宅にも別荘にも見当たらないんだな？」

「そうです」

「どう思うね？」

十津川は、他の刑事たちの顔を見た。

十津川もそうだが、部下の刑事たちもほとんど眠っていなかった。正月三日までに、何とかして、亀井を釈放させたいと願っていたからである。

「その酒屋の主人がソアラを見たのは、いつのことなの？」

と日下が清水に聞いた。

「二十七日か、八日だといっている」

「すると、そのあとで売り払うということは、ちょっと考えられないね」

「北海道で、カメさんを罠にかけるのに、その車を使ったとも思えないな」

と十津川がいった。

「そうですね。帰京してから、手に入れたんだと思います。酒屋の主人は、二十七日か八日に見るまで、ポルシェに乗っている結城しか、見ていないそうですから」

「やはり、新しい行動を起こすために、ソアラを買ったということだね。それにポルシェだ。成田空港の駐車場に置いて、海外へ逃げたように見せかけるためとにね」

「本人は、ソアラに乗りかえて、どこかへ向かったということですか？」

と日下が聞いた。

「私の推理が、当たっていればね」

「しかし、どこへ行ったんでしょうか？」

清水がきいた。

十津川は、「それが、わかればね」といった。

「あと二日で、カメさんの無実を、証明できるかもしれないいんだ」

「東京にいるとは思えませんね。それなら、ポルシェを使った芝居なんか、必要ありませんから」

と清水がいう。

「それに、車で行く場所というと、限られてしまうんじゃありませんか」

と日下がいう。

「そうだね。遠ければ、飛行機か、新幹線を利用するだろうね。第一、年末は、道路がどこも大変な渋滞だったから、車で遠出はできないだろう」

十津川は、考えながらいう。

「となると、空港へソアラで行き、飛行機に乗ったかもしれませんね。パスポートは、成田で他人に貸したとすると、国内の動きになりますが」

「よし。明日になったら、羽田へ行って、駐車場に白いソアラが止めてあるかどうか調べるんだ。もし、あったら、その持ち主を調べてくれ」

と十津川はいってから、言葉を続けて、

「今夜は、ゆっくり眠るんだ」

## 4

十津川は、捜査本部に、今夜も泊まることにした。

日下たちも、明日に備えて、捜査本部に泊まることになった。

十津川は、眠れないままに、音を小さくして、テレビをつけた。

深夜のニュースの時間になっていた。

〈大晦日《おおみそか》から新年にかけて、人々の動き〉

と題された特集番組だった。

昔は、家で新年を迎えるものだったが、最近は、海外へ出たり、ホテルで正月を迎える人たちが多くなったと、アナウンサーが喋り、それに合わせて、画面が変わっていく。

大晦日に、成田を出発する人々の群れに、アナウンサーが、マイクを突きつける。たいていがハワイかグアムに行くと答えているが、中には、パリやタヒチなどという答えもはね返ってきて、日本人が金持ちになったのだなと思う。

高速道路で、故郷へ帰る車の列も映し出される。

次は、カー・フェリーだった。

次々に船に入って行く車の列が、画面に出る。

「あッ」

と十津川が声に出したのは、その一台の運転席にいた男の顔が、大きく映し出されたからである。

（結城だ！）

と思った。

「起きろ！」

と十津川は、寝ている日下たちを叩き起こした。

何事かという顔で、全員が起きて来た。

その中から、十津川は清水に向かって、

「君は、すぐ、中央テレビへ行って、十二時から放映された特集番組のビデオを借りてくるんだ。もしそれが駄目なら、カー・フェリーの部分だけをダビングしてもらってくるんだ」

といった。

「何かあったんですか？」

「結城が映っていたんだよ」

と十津川はいった。

急に捜査本部に活気が生まれた。

清水がパトカーで出かけたあと、十津川は、全員の眠気ざましに、コーヒーをいれた。

「どこへ行くカー・フェリーでした？」

と日下がきいた。

「確か、北海道の苫小牧《とまこまい》行きのフェリーだったと思うが、何気なく見ていたんでね。それも清水君が戻ってくれば、はっきりするだろう」

と十津川はいった。

ビデオの用意をした。

一時間半ほどして、清水が、ダビングしてもらったテープを持って、戻って来た。

そのビデオテープを、かけた。

〈カー・フェリーも、満員〉

のテロップが出て、東京の埠頭《ふとう》から出発する大型フェリーが、映し出された。

――大晦日の深夜に東京の埠頭を出発するカー・フェリーも満員でした。この苫小牧行きのフェリーも、満員で出発しました。苫小牧には、明日二日の早朝に到着する予定です。

アナウンサーがいい、カメラは、船腹に吸い込まれていく車を、二台、三台と映し出していく。

その中の一台だった。

白いソアラで、運転している男の顔が、画面に映った。

「結城ですよ！」

と日下が、叫んだ。

十津川が、一時停止ボタンを押した。

白いソアラの運転席部分が、一枚の絵になって停止した。

うすいサングラスをかけているが、運転している男は、間違いなく結城だった。

北条早苗が、時刻表を持って来た。

東京フェリー・ターミナルから、北海道の苫小牧港へ、二三時三〇分にフェリーが出発する。

苫小牧着は、三日目の午前六時四五分である。

「明日というより、もう今日か。あと五時間足らずで、結城の乗ったフェリーは、苫小牧へ着くんだ」

と十津川は、腕時計を見ていった。

「道警に頼んで、逮捕してもらいますか?」

日下が、眼を光らせて聞いた。

「いや、まだ逮捕するだけの証拠はないよ」

「しかし、このまま見逃しはできません」

「道警に頼んで、尾行してもらおう」

と十津川はいった。

本部長に頼んで、道警に連絡をとってもらった。

そのあとで、十津川は、

「結城は、何をしに北海道へ行ったのかな? どう思うね?」

と部下の意見を聞いた。

「わかりませんが、一つだけ考えられるのは、特急『おおぞら』のことだと思います」

日下が、いった。

「あの列車のどんなことだね？」

「結城は、服部明と坂本陽子を使って、カメさんの子供を誘拐し、罠にかけました。そのとき、結城は、何かミスをしたんじゃないでしょうか？」

「道警が、丁寧に調べたが、何も、つかめなかったようだよ」

「ですから、目につかないミスではないかと思います。たとえば、結城は事件現場の列車の中に、ネクタイピンを落として来たのに気付いて、どうなっているのか、調べに行こうとしているのかもしれません。また、結城は、事件の日、現場にいたわけです。誰かが彼を目撃している可能性があります。特に、注意深く彼を見ていた目撃者がいて、その人物に証言されるのが怖い。あるいは、その目撃者が脅迫しているということも考えられます。そこで、相手に金を渡すためか、あるいは、口封じに殺すためか、そのために北海道へ行くのではないかと考えるんですが、違うでしょうか？」

「いや、そのとおりかもしれないよ。結城誠の知人が、事件のとき、彼を目撃した可能性は、大いにあるからね」

と十津川も肯いた。

結城が真犯人なら、あの日、特急「おおぞら6号」に乗っていたはずなのだ。一般の乗客は、結城を見たとしても覚えてはいないが、もし、その中に彼の知り合いがいたら、はっきり覚えているだろう。

そして、あとで事件のことを知り、資産家の結城をゆする。

あり得ることだ。

ただ、東京で相手に金を渡したり殺して、口を封じたりしては、アリバイが成立しなくなる。

そこで、自分は、ハワイへ行ったように細工しておき、北海道で殺そうとしているのか。

（カー・フェリーの中で、殺す気かもしれないな）

とも十津川は考えた。

北海道へ行くカー・フェリーの中で、金を払うといって、相手を乗せ、寒中の海へ突き落とす気なのかもしれない。

二日間かけて、苫小牧へ着くのだから、殺すチャンスは、十分にあるだろう。

「船舶電話で、問題のカー・フェリーを呼び出してくれ。事務長がいいな」

と十津川はいった。

日下が、電話をとった。

三十分後に相手の船に電話がつながり、十津川が出た。

相手は、フェリーの事務長である。

「妙なことを聞きますが、そちらの船の中で、何か事件が起きていませんか？」

と十津川はきいた。

井手《いで》という事務長は、

「どんなことを、おっしゃっているんですか？」

と聞いた。

「船内で、海に落ちた乗客がいるとか、ケンカがあったとかいうことですがね」

「いや、そんな事件は、まったく起きていませんが」

「それなら、いいんですがね」

「当船に、指名手配の犯人でも乗っているんですか？」

「そんなことはありませんが、苫小牧に着くまでに何かあったらすぐ警察に連絡して下さい」

「何も起きそうもありませんがね」

「苫小牧着は、六時四五分でしたね？」

「今のところ、定時に到着の予定です」

と事務長はいった。

十津川は、一応、ほっとして電話を切った。

次に十津川は、北条早苗を呼んで、

「夜が明け次第、私と一緒に北海道に飛んでもらうよ。向こうで、西本刑事と一緒になって、結城が何をする気なのか、監視するんだ」

といった。

## 5

一月二日の夜が明けた。

十津川は、あとを、日下たちに委せて、北条早苗と羽田空港に向かった。

午前七時二〇分発の札幌行きのＪＡＬである。

無理をいって、二人分の席を確保してもらった。

満席だった。

千歳空港の上空は、昨夜から吹雪《ふぶ》いていて、引き返すことになるかもしれない、といわれての出発だった。

飛行機が上昇し、水平飛行に移って、十津川は、ベルトをゆるめてから、

「君は、どう思っているんだ？」

と隣りの早苗に声をかけた。

「何をでしょうか？」

「結城が、フェリーで北海道へ向かった理由さ。日下刑事は、目撃者を消すのか、それとも、現場に何か落としたので、拾いに行ったのではないかといっていた。私もあり得ることだと思うんだが、君の考えは、どうだね？」

「私も賛成ですわ」

「それだけかね？」

「といわれますと？」

「他にも、考えがあるんじゃないかと思ってね」

「他の考えはありませんけど、ちょっと、疑問も持ったんです」

と早苗はいった。

「ぜひ、それを、聞きたいね」

「生意気みたいに思われると困りますけど」

「そんなことは思わんよ」

と十津川は微笑した。

窓の下には、雪を降らせる厚い雲が広がっている。

早苗は、ちらりとそんな景色に眼をやってから、

「北海道で、特急『おおぞら6号』で、殺人があったのが、十二月二十五日です。それから、三十一日までの六日間、結城は、これといった動きを見せていませんわ。共犯者と思われる森あや子は、殺していますが」

「それで？」

と十津川は先を促した。

「もし、彼が、現場に何か落としたというのなら、それまでに気付いて、北海道へ飛んでいたのではないでしょうか？」

と早苗はいう。

「誰かに、ゆすられているという線は、どうだね？」

「あり得ると思いますけど、日時が、少しおかしいと思いますわ」

「どんなふうにだね？」

「結城がゆすられているとすると、二十五日以後ということになりますわ。その前日に誘拐していますから、二十四日以後ということも考えられますけど、早くとも、二十四日以後だと思います」

「そうだね。何もしないのに、ゆすられることはないだろうからね」

「ゆすられた結城は、相手を殺そうと考えました。アリバイ作りに、ハワイへ行ったことにしておいて、自分は、苫小牧行きのフェリーに乗った。そういうことだと思いますけど、ハワイへ行く航空券を買ったり、アメリカのビザをとったりしたのは、ずっと前ですわ。十五日にビザをとり、航空券を手に入れたのは十四日なんです」

「なるほど。そんなときからゆすられるのを予測して準備をするのは、おかしいということか？」

「ええ」

「確かに君のいうとおりだね。ゆすられるとは限らないわけだからね」

と十津川はいってから、

「すると、君は、結城は何のために、カー・フェリーで北海道へ行くと思うのかね？」

ときいた。

「それが、私にもわからないんです」

早苗は、申しわけなさそうにいった。

「他にも、今度の事件で、君が不可解に思うことがあるかね？」

「あとひとつ、ありますわ」

「何だい？」

「森あや子が、殺されたことですわ」

「しかし、あれは、明らかに口封じだよ。森あや子は、結城の共犯だった。それは、君も同感だろう？」

「はい」

「われわれは、森あや子の身辺を調べた。結城は、それを知って、先手を打って彼女の口を封じたんだ。よくあるケースだとは思わないかね？」

「よくわかるんですけど――」

「だが、おかしいかね？」

「犯人を賞《ほ》めてはいけないかもしれませんが、結城は、どちらかというと、心優しい性格だと思うんです」

と早苗はいった。

「どんなところがだね？」

「亡くなった妹に対する愛情は、本物だと思いますわ。だからこそ、その仇《あだ》を討とうと思い立ったんだと考えるんです。その方法自体は、間違っていますけど」

「そうだね」

「森あや子は、美人ですわ。それに、結城を本当に愛していたと思います。心優しい結城が、なぜそんな彼女を殺したのか、不思議で仕方がないんです」

「それは、やはり、自分が可愛いからだろうね。森あや子がいたのでは、自分も逮捕されてしまう。そう考えて、彼女の口を封じたのさ」

「でも、彼女の存在が不安なら、計画が成功したあと、すぐ、彼女をアメリカへでもヨーロッパへでも旅立たせれば、よかったんですわ。私たちが彼女をマークするより先に。そうすれば、彼女が訊問されることもなかったわけですから」

早苗は、腹立たしげにいった。そうしなかった結城に、腹を立てているようだった。

十津川は、笑って、

「それは、君ほど、結城が優しくなかったからだろう」

「人をひとり殺すよりも、海外へ送り出すほうが、ずっと楽だと思うんです」

「しかし、結城は、森あや子を殺してしまったんだ」

「だから、不思議なんです」

「まさか、犯人は、結城じゃないというんじゃあるまいね？」

と十津川が、きいた。

「犯人は、結城だと思っていますわ」

「だが、不思議なのかね？」

「はい。何か、理由があると思っているんです。口封じの目的だけではない理由がですわ」

「同じように、結城がカー・フェリーで北海道へ行ったのも、特別な理由があるはずだと思うんだね？」

「はい。私たちが、考えつかないようなですわ」

と早苗はいった。

十津川は、彼女の考えに、賛成も反対もしなかった。

森あや子が殺された件については、十津川は、明らかな口封じだと思っている。

早苗は、それを、違うのではないかという。女性から見て、心優しい結城が、簡単に自分の愛人を殺してしまうのは、おかしいという。

そんな見方もあるのかと、十津川は、面白かったが、この件については、犯人が、口封じに共犯を殺しただけのことと割り切って、考えている。

結城が、また北海道へ出かけたことへの、早苗の疑問については、十津川も同感だった。

考えてみれば、確かに結城の北海道行きは謎である。ゆすられているためとか、現場に何か落として来たのに気付いて、あわてて、というのではなさそうだ。

しかし、それが何のためなのかとなると、十津川にも、見当がつかない。

千歳上空では、二十分近く待たされた。

昨夜からの雪で、滑走路の除雪作業がおくれて、着陸不能だったのである。

一時は、羽田に引き返すことになるのではないかと、やきもきしたが、とにかく機が着陸態勢に入った。

窓から見える空港の周辺は、白一色である。

とっさに亀井のことを考えたのは、明日までに、何としてでもという気持ちがあったからだろう。

ロビーに道警本部の三浦警部が、迎えに来てくれていた。

「フェリーで着いた結城の車には、間違いなく尾行がついているので、安心して下さい」

とまず三浦はいった。

「今、どちらに向かっていますか？」

と十津川はパトカーに案内されながら、三浦にきいた。

三浦は、何となく、北条早苗に眼をやりながら、

「本部へ戻れば、報告が入っていると思います」

「北海道は、このところ、寒いですか？」

「これからですよ、寒くなるのは」

と三浦は笑った。

十津川たちを乗せた車は、雪煙をあげて、バイパスを、札幌に向かった。

早苗は、楽しそうに周囲の景色を見ている。

さすがに北海道で、白一色の原野や黒々とした森林が、眼に入ってくる。そして、けばけばしいモーテルまである。

札幌市内に入り、道警本部に着くと、十津川は、すぐ結城の様子を聞いた。

彼の乗った白いソアラは、現在、札幌に向かっているという。

「札幌ですか？」

「そうです。ここへ来る気かもしれませんよ」

と三浦はいった。

もし、結城が、札幌に来るのだとすると、何の用があるのだろうか？

十津川は、西本にも道警本部で会った。

西本は、十津川が来たので、ほっとした顔になっていた。

「カメさんは、どうだ？」

と十津川はきいた。

「元気ですが、肝心の事件を、手をこまねいて見ていなければならないことが、一番辛いと、いっていました」

「カメさんにしたら、当然だろうね」

と十津川は肯いた。

十津川は、ひとりで、拘置所に亀井を訪ねて行った。

西本がいったとおり、亀井は、意外に元気そうだった。

「何とか、早く出すつもりだから、もう少し辛抱してくれ」

と十津川はいった。

「それは大丈夫ですが、どんな具合ですか？　ここにいると、何もわからなくて」

亀井は、やせ、青白く見える顔できいた。

「今、真犯人と思われる結城が、北海道へ来ている。何のために来ているのか、わからないんだがね」

「拘置所にいる私を、見に来たわけじゃないでしょうね？」

「そうだね。日下君なんかは、現場に何か落としたんで、あわてやって来たんだろうと、いっていたがね」

「そうなんですか？」

「いや、わからないんだ。違うようにも思えるんでね」

「今のところ、結城誠には、逮捕するだけの証拠はないですか？」

「残念ながらね。動機は十分だし、状況証拠もある。君を罠にかけ、三人の男女を殺したのは、間違いなく、結城だ。だが、確信だけでは、逮捕はできないんでねえ」

十津川は、小さな溜息をついた。

「動機が妹のことだとすると、結城は、とても妹が好きだったんですね？」

「そうらしい。ちょっと異常と思えるくらいにね。札幌のホテルへでも入ったら、私は、会って来ようかと思っている」

と十津川はいった。

「会って、どうされるんですか？」

「自首するのが、本当の、妹さんへの供養じゃないかと、説得してみるよ」

「それを、聞く男ですか？」

「私には、したたかな男に見えるんだが、北条君は、心優しい性格じゃないかといっているんだ。女性の勘で、当たっているのかもしれない」

「心優しいですか？　そんな男が、三人も、人間を殺すでしょうか？」

亀井が眉をひそめていった。亀井にしてみれば、息子を誘拐され、罠にかけられたのだから、当然の不満だろう。

「同感だね。あの男が、そんな優しい人間とは思えない。ただ、優しくはないが、弱い人間かもしれない。その弱さを突いてみるつもりだよ」

と十津川はいった。

十津川が拘置所から戻ると、北条早苗と西本が、待ち受けていて、

「結城は、やはり札幌市内に入りました。Sホテルにチェック・インしています」

といった。

「間違いないんだね？」

「ええ。間違いないようです」

「これから、私が会いに行ってくるよ」

と十津川がいった。

「私たちも、同行したいと思いますが」

西本が、いった。

「それなら、万一、結城が逃げたら困るので、ロビーで待機していてくれ」

と十津川はいった。

三人は、市内の南にあるSホテルに出かけた。

市内は、粉雪が舞っていて、痛いような寒さだった。耳が痛くなってくる。

Sホテルに入ると、十津川は、

「小杉さんに、お会いしたいんだが」

とフロントにいった。

結城は、小杉という名前で泊まっていると、三浦警部に教えられていたからである。

「誰が来ても、取りつぐなといわれているんですが」

とフロントがいう。

十津川は、警察手帳を見せ、部屋番号を聞いてから、勝手にエレベーターで九階へあがって行った。

九一三号室のインターホンを押した。

「誰だ？」

と男の声がきいた。

十津川が、さらにインターホンを押していると、急にドアが開いて、結城が顔を出した。

「――」

一瞬、結城の顔がゆがんで、ドアを閉めかけたが、十津川がニヤッと笑うと、諦めたようにドアを開けた。

「やっぱり、ハワイじゃなかったんですね？」

と十津川はいった。

「何のことですか？」

結城は、むっとした顔で十津川を睨んだが、それでも中へ招じ入れた。

「何か、飲みますか？」

「いや、何もいりません」

と十津川はいってから、ゆっくりと結城の顔を見た。

「なぜ、札幌へ来たんですか？」

「何となく、来たかっただけですよ」

と結城はいう。

「嘘をつかれると、困りますね」

「別に、嘘をついていませんよ」

「それなら、なぜ、ハワイへ行ったように、見せかけたりしたわけですか？」

と十津川はきいた。

結城は、首をすくめて、

「それは、何かの間違いでしょう」

「間違い？　しかし、あなたのパスポートを使い、あなたがとったビザで、ハワイへ行った男がいるんですよ」

「では、その男を捕えて下さい」

結城は、平然といった。

「それは、どういうことですか？」

「実は、正月にハワイへ行くつもりで、ビザもとったし、航空券も買いましてね。ところが、それを、全部、落としてしまったんです」

「落とした？」

「そうなんです。パスポートごと落としてしまったんです。ひょっとすると、盗まれてしまったのかもしれない。きっと、盗んだか拾ったかした男が、僕の代わりにハワイへ行ったんだと思います。だから、捕えて下さいと申しあげてるんです」

「パスポートの紛失届けは出したんですか？」

「いや、まだ出していません」

「なぜです？」

「まさか、あのパスポートで、別人が海外へ行くと思いませんでしたからね」

と結城は、笑った。

「それでは、ハワイへ行かずに、なぜこの札幌へ来たんですか？」

「何となくというのは、まずいんですか？」

結城は、きき返した。

「ちゃんとした返事が、聞きたいんですがね」

と十津川はいった。

「僕は、大学時代、スキーをやっていましてね。急にスキーをやりたくなったんで、北海道へ来たんですよ。どうですか？　一緒にスキーをやりませんか？」

「自宅や銀座の店を、売却されましたね？」

と十津川はきいた。

結城は、首をすくめて、

「そんなことまで、調べたんですか？」

「どうなんですか？　なぜ、そんなことをされたんですか？」

「そうですね。思うところがあったと、お答えしておきましょうか」

「まじめに、答えていただきたいんですがね」

「しかし、警部さん。自分の財産をどうしようと、個人の勝手じゃありませんか？　違いますか？」

結城は、急に反撃して来た。

「森あや子さんは、ご存知ですね？」

と十津川は、話題を変えた。

「いや、知りません。どなたですか？」

「森あや子ですよ。あなたが親しくしていた恋人なんですがねえ」

「申しわけないが、知りませんね」

結城は、そっけなくいった。

「すると、利用するだけ利用しておいて、あとは、知らんというわけですか？」

十津川が、わざと挑発するようないい方をすると、結城は、眼を尖《とが》らせて、

「何のことか、わかりませんね」

といった。

# 第六章　怨念《おんねん》の淵《ふち》

## 1

結城は、スキー道具を買い始めた。

それだけでなく、札幌の周辺にあるスキー場へ出かけては、ゆうゆうと滑り始めたのである。

「なかなか上手ですよ」

と監視に当たっていた西本が、十津川に報告した。

「スキーをやりに来たというのは、本当なのかな」

「奴が滑り出したら、追いつけません」

と西本がいう。

西本は、かなりスキーも上手《うま》いほうだが、それでも、結城に振り切られてしまうとなると、十津川では、とうてい追いつけまい。

十津川は、大学時代、ヨットはやったが、スキーやスケートは、ただ、転ばないというだけの腕だからである。

三日の午前中、札幌郊外のスキー場で滑りまくった結城は、いったんホテルで休んでいたが、午後になると、また出かけて行った。

今度は、大きなリュックサックを背負って、スキーツーリングをするつもりらしい。

十津川も、西本たちと一緒に、貸しスキーで出かけた。

西本のいったとおり、結城は、上手い。ゆうゆうと滑っているのだが、十津川は、たちまち置き去りにされてしまうのだ。

北条早苗も案外に上手くて、西本と追って行ったが、その彼女も、しばらくすると、林の中で座り込んでしまっているのが見つかった。

「西本刑事が、追っかけています」

と早苗は、身体についた雪を、叩き落としながら、十津川にいった。

「私たちの腕じゃあ、手が出ない。あとは、西本君に委せて、ホテルへ帰ろうじゃないか」

と十津川は、早苗にいった。

二人は、疲れ切って、結城の泊まっているSホテルへ戻った。

結城は、まだ帰っていなかった。

十津川たちは、隣りのホテルに泊まっていた。

まず、早苗を休ませて、十津川は、ロビーで結城が帰って来るのを待った。

陽が落ちて、スキーを楽しんだ若者たちが、次々にホテルに戻って来るが、その中に結城の姿はなかった。

早苗が、着がえをすませて、隣りのホテルから戻って来た。

「結城は、まだですか？」

と彼女がきく。

「ああ、まだ帰って来ない。この辺りのスキー場は、ナイター設備もあるから、まだ滑れることは滑れるんだが」

「警部は、もうお休みになって下さい。あとは、私が監視しています」

と早苗がいう。

「いや、大丈夫だよ」

と十津川が笑って見せたとき、西本が帰って来た。

スキーウエアのまま、ロビーに入って来ると、十津川を見つけて、近寄って来た。

「結城は、もう帰っていますか？」

「いや、まだ、戻っていないよ」

「おかしいな。みんな、もう戻って来ているんですが」

と西本は首をかしげた。

「どこまで、一緒だったんだ？」

「三十分ほど前まで、ぴったりマークしていたんですが、暗くなって、見失ってしまいました。てっきり、ホテルに戻ったと思ったんですが」

と西本は、疲れ切った顔でいった。

「ナイター設備のあるゲレンデで、滑っているんじゃないのかね？」

と十津川はきいた。

「それはありません。今日は、ずっとゲレンデ以外のところを滑りまくっていました。奴のスキーは、ゲレンデスキーじゃありません。多分、大学時代は、距離競技の選手だったと思いますね」

「しかし、ゲレンデ以外は、もう真っ暗じゃないのかね？」

「そうなんです。もう月明かりしかありません」

「今、午後七時か」

と十津川は腕時計に眼をやった。

十津川は、西本と早苗を、ロビーにある喫茶室へ連れて行き、簡単な食事をとることにした。

この喫茶室からだと、フロントの辺りが、よく見えるからだった。結城が帰って来たら、すぐわかるだろう。

「なかなか、戻って来ませんね」

西本は、サンドイッチを口に運びながら、眉をひそめた。

「遭難したんでしょうか」

と早苗がいう。

「いや、あれだけ滑れれば、遭難はしないよ」

と西本が否定した。

それでも、八時を過ぎたが、結城は、帰って来なかった。

「キャンプを張る気じゃないのかね？」

十津川が、フロントのほうを見ながらいった。

「雪中のキャンプですか？」

「そうだよ。大きなリュックサックを背負っていたからね」

「しかし、奴は、そんなことをするために、北海道へ来たんでしょうか？」

西本は、また首をかしげた。

急に、十津川は、立ち上がると、ロビーの隅に並べて置かれた公衆電話のところへ、歩いて行った。

東京の日下刑事に電話をかけた。

「至急、結城の趣味を調べてくれ。スキーはわかっている。その他の趣味だ」

と十津川はいった。

一時間して、十津川は、もう一度、電話をかけた。

「わかったかね？」

ときくと、日下が、

「クレー射撃です」

といった。

## 2

十津川の顔色が、変わった。

西本のところに戻って来ると、

「カメさんの入っている拘置所の正確な位置を覚えているか？」

ときいた。

「札幌の郊外ですが」

「私も、行ったんだ。定山渓《じょうざんけい》に近かったんじゃないかね」

「そうです」

「奴は、ひょっとすると、拘置所にいるカメさんを狙う気でいるのかもしれん。彼は、クレー射撃の腕が立って、猟銃も何挺か持っていたというんだ」

と十津川はいった。

西本と早苗の顔色が変わった。

「まさか、そんなこと――」

早苗が、いう。

「拘置所の中の人間を狙うなんて、無理ですよ」

と西本がいった。

「しかし、拘置所の中で、運動はするだろう？」

「しますが、それを狙うつもりでいるということですか？」

「山の上からなら、狙えるかもしれん」

「しかし、よくわかりません」

「何がだい？」

「結城は、カメさんを罠にかけて、成功したわけです。このままでいけば、間違いなくカメさんは、殺人容疑で公判にかけられます。奴は、十分に満足しているんじゃありませんか？」

「満足できなくなったんじゃないかな」

「なぜですか？」

「われわれの捜査のせいだと思うね。森あや子も殺さなければならなくなった。下手をすると、自分が逮捕されて、カメさんが釈放されてしまうかもしれない。それなら、カメさんを射殺してやろうと、考えたんじゃないかね」

「そこまで結城は、カメさんを恨んでいるんでしょうか？」

「あの男の気持ちは、わからんよ。おそらく感情が激しいんだろうと思うがね」

「本当に狙うでしょうか？」

「とにかく、拘置所へ連絡して、明日の運動は、やめてもらおう」

と十津川はいった。

十津川は、道警本部に行き、自分の危惧を伝えた。

しかし、三浦警部は、十津川の不安を一笑に付した。

「それは、ちょっと考えられませんね」

と三浦はいった。

「なぜですか？」

「考えてもみて下さい。亀井刑事は、裁判にかけられるんです。殺人罪でです。もし、十津川さんのいうように、結城という男が罠にかけたとしても、それは、成功したわけですから、冷やかに見ていれば、いいわけでしょう？　なぜ、下手に動き廻る必要があるんですか？」

「罠にかけただけでは、あき足らなくなったんだと、思いますね」

「それなら、最初から、亀井刑事を殺そうとするんじゃありませんか？」

「常識的に考えれば、そうなんですが、奴の気持ちはわかりません。途中で考えが変わったのかもしれないし、裁判になっても、刑が軽いのではないかと疑い始めたのかもしれません」

「それにしても、拘置所の中にいる人間を狙うなんて、信じられませんよ」

と三浦はいった。

「しかし、危険があるので、明日の運動は、中止してもらえませんか」

と十津川はいった。

「無理ですよ。中止を指示するのはね。狙われるという確証でもあれば、別ですが」

「不安は、あります」

「十津川さんの勘でしょう？　勘では動けませんよ」

と三浦はそっけないいい方をした。

確かに、常識で考えれば、三浦のいうとおりなのだ。

殺人容疑で逮捕され、起訴された人間を、誰かが拘置所内で殺そうとしているというのは、信じにくいだろう。

特に、それが罠にはまった結果だとしたら、せっかく、成功したのに、それをぶちこわすようなことはしないに違いない。

だが、結城の場合には、その常識が通用しないのではないか。

結城の行動自体が、不自然だからである。

もし、結城が拘置所の亀井を狙っているのでなければ、彼は、何をしに北海道に来たのだろうか？

家や店を売り払って、それを金に換えて、彼は、カー・フェリーで北海道にやって来た。

そんなことをすれば、警察の疑惑を招くのは、わかっていたはずである。

だが、結城は、ソアラに乗ってやって来たのだ。

単に、スキーを楽しむために来たとは思えないのである。

## 3

十津川は、西本と早苗を、ホテルの自分の部屋に呼んだ。

「道警が信じてくれない以上、われわれでカメさんを守らざるを得ない。拘置所に問い合わせたところ、庭での運動時間は、午前十時から十時三十分までの三十分間だ」

「そのときを、結城は、狙うと思われますか？」

「思うね。それにもう一つある」

「いつですか？」

と西本がきく、

「正月三箇日が今日で終わったので、札幌地裁では、今度の事件の公判を開きたい考えだ。そうなると、拘置所から護送車で地裁まで送られてくる途中で、狙うことも考えられるよ」

「差し当たっては、明日四日の午前十時から十時半までですね」

「そうだ」

「あの拘置所の裏に、山がありましたね？」

西本は、思い出すようにいった。

十津川が、フロントで借りて来た地図を広げた。

拘置所は、札幌市の外れにある。裏は、五三七メートルの山である。低くても、今は雪が深いはずである。

「この山から、狙うかな」

「狙うなら、そこからしかありませんよ」

「よし。明日になったら、この山に登ってみよう」

と十津川はいった。

翌四日の朝、十津川たちは、拘置所に向かった。

途中でSホテルの駐車場を見たが、結城のソアラは止まったままだったし、フロントに聞くと、昨夜は帰って来なかったという。

やはり、山で野営をしたのだ。そして、山伝いに、拘置所の裏に出る気でいるのかもしれない。

万一に備えて、十津川たちは拳銃を持っていた。

拘置所の裏山は、やはり深い積雪だった。国有林でスキーヤーが入らないので、登るにつれて、足が埋まってしまう、柔らかい積雪になってくる。

それに、深い森になっているので、人間が隠れるには、もって来いの地形だった。

十津川たちは、三方に分かれて、雪の深い森の中を調べて行った。

途中まで登って、振り返ると、眼下に拘置所が見えるのだ。

(狙うには、絶好だな)

と思った。

双眼鏡で見ると、鉄格子の窓の中にいる人間の姿も見える。

腕時計を見ると、間もなく午前十時である。

結城は、なかなか見つからない。

「警部！」

とふいに上のほうで西本が呼んだ。

十津川は、膝まで埋まる雪を蹴散らして、声のしたほうに登って行った。

「どうしたんだ？」

ときくと、西本は、雪の上から、煙草の吸い殻を拾いあげた。

「ここに、誰かがいたことは、間違いありません」

と西本がいう。

吸い殻は、他にもいくつか落ちていた。足で雪を踏みしめた跡もある。

十津川は、そこに立って、拘置所を見下ろした。

小さな庭が見える。高い塀に囲まれた庭である。

ちょうど、その庭で、被告人の運動が始まったようだった。

「注意しろ！」

と十津川は、西本や登って来た早苗にいった。

だが、銃声は聞こえなかった。

その代わりに、別の山へ続くシュプールが見つかった。

十津川は、それが、結城に違いないと思った。

彼は、拘置所の運動時間に、庭に出ている亀井を狙ったに違いない。いや、狙おうとして、あの山の中で、じっと、チャンスを待っていたに違いないのだ。

だが、十津川たちが登ってくるのを見て、あわてて逃げ去ったのではないのか。

しかし、道警本部では、いぜんとして、亀井が狙われているという話を、信用しなかった。

## 4

「あの国有林に、スキーヤーがまぎれ込んだんでしょう。前にも、同じようなことがありましたよ」

と三浦警部は、笑いながらいった。

「それでは、この吸い殻で、血液型を調べてくれませんか」

十津川は、拾って来た三本の吸い殻を、三浦に渡した。すべてラークの吸い殻である。

「それは、やっておきましょう」

と三浦はいってから、

「亀井刑事の公判の期日が、決まりました。第一回が、一月七日の午後二時だそうです」

と、いった。

あと三日である。

（とうとう、正月三箇日以内に、カメさんを助け出せなかったな）

という悔いと同時に、結城は、七日に亀井を狙うのではないかという不安を覚えた。

拘置所の裏山から狙撃するという手段は、十津川たちが現われたことで、しばらくは中止するのではないか。それに代わって、拘置所から地裁への送り迎えの途中に、狙う可能性がある。

吸い殻についていた唾液の分析で、煙草の主は、A型の血液型とわかった。

結城も、確かA型である。

「これで、奴と、決まったんじゃありませんか？」

と西本は、いった。

十津川は、笑って、

「道警本部にいわせれば、A型の血液の人間は、日本人の中で、一番多いんだよ。ラークの愛用者だって、たくさんいる。結城が、犯人と限定はできないと、いうだろう」

といった。

「しかし、刑事事件の被告人が狙われるケースは、よくあると思いますよ。道警は、それを信じないんですかね？」

西本は、腹立たしげにいった。

「それは、共犯者を消すというケースだろう。カメさんの場合は、違う。カメさんが無実なら、なぜ、狙うんだということになってくるんだ。せっかく罠にはめたのにね」

「それは、結城という男を知らないからですよ」

「われわれだって、あの男の知らない部分が多すぎるんだ」

と十津川はいった。

結城が、亀井を狙って殺そうとしていると思う。しかし、なぜ彼が殺そうとしているのか、その理由は、わかっていないのである。

早苗が、十津川たちの部屋に入って来た。

「結城は、隣りのSホテルに戻っています」

　と早苗がいった。

「戻って来たか」

「どうしますか？　逮捕しますか？」

　西本が、きいた。

「理由がないよ」

「もし、猟銃なり、ライフルなりを持っていれば、逮捕できるんじゃありませんか？」

「それも、駄目だよ。結城は、正式に講習を受け、免許をとって、銃を手に入れている」

　と十津川はいった。

「それでは、どうしたら？」

「東京にいる日下君たちが、森あや子や服部明たちを殺したのは、結城だと証明してくれるか、こちらで、実際に奴が、カメさんを狙うところを押さえるかしかないんだ」

　と十津川はいった。

　翌五日になると、結城は、急にSホテルを引き払った。

西本が、タクシーで、結城の乗ったソアラを尾行した。

その西本から電話が入ったのは、二時間ほどしてからである。

「結城が、どこへ行ったと思いますか？」

と西本がきく。

「どこだね？」

「地裁の近くに、マンションを借りる気です」

「地裁の？」

「道路をへだてた九階建てのマンションです」

「今度は、護送車が、地裁に入るところを狙う気かな」

「それ以外、考えられません」

と西本がいった。

十津川は、すぐ早苗を連れて、地裁へ行ってみることにした。

なるほど、地裁と道路をへだてた場所に、九階建ての真新しいマンションが建っている。

その前に結城のソアラが駐《と》まっていた。

十津川と早苗が、タクシーをおりると、待っていた西本が寄って来た。

「このマンションか？」

　と十津川は見あげてから、きいた。

「そうです。今、中で、結城が交渉しているところです」

「地裁の真ん前でもないんだな」

「もっと悪いです。地裁の裏門が、よく見える場所です。護送車は、地裁の裏口から入って被告人を降ろします。九階からなら、たぶん狙えるんじゃないかと思います」

　と西本がいった。

「このマンションのオーナーに、結城に貸すのをやめさせられませんか？」

　早苗がきいた。

「無理だよ。結城がカメさんを殺す気だということを証明できなければね。結城は、きっと札幌が気に入ったので、しばらく住むことにしたというだろうし、それをやめさせることもできないからね」

　と、十津川がいったとき、結城が出て来た。

　十津川は、西本と早苗に尾行を指示してから、マンションの中に入って行った。

　管理人室に、四十歳ぐらいの背広姿の男がいて、書類を見ていた。

　このマンションを所有している不動産会社の社員で、青木《あおき》という名前だという。

十津川は、警察手帳を見せてから、内密に話したいと、告げた。

「結城誠という男に、部屋を貸すことにしたわけですか？」

「ええ、九階の角部屋をお貸しすることにしました。いけなかったですか？」

青木は、心配そうにきいた。

「いや、そんなことはありませんが、契約には、住民票なんかも必要なんじゃありませんか？」

と十津川はきいた。

青木は、微笑して、

「住民票も印鑑証明も、ちゃんとお持ちでした」

「保証人は？」

「東京の方なので、私が保証人になりました」

と青木はいう。

権利金など百万近い金を、きれいに払ったとも、いった。

(用意周到なのだ)

と十津川は、思った。結城は、住民票や印鑑証明まで持って、北海道へ来たのか。

「彼は、いつ、引っ越して来ると、いっていましたか？」

「今日の夕方と、おっしゃっていました」

「今、九階の部屋を見せてもらえませんか」

と十津川はいった。

青木の案内で、エレベーターで九階に上った。

各階に六つずつ部屋があり、九〇一号室が、結城の借りた部屋である。

2LDKで、道路に面して、ベランダがあった。

窓を開けて、ベランダに出てみた。

地裁の裏口が眼の下に見える。ちょうど、護送車が到着し、裏門を入り、停まると、ロープでつながれた三十歳くらいの男が、車から降ろされるのが見えた。

狙うなら、絶好である。

「結城さんも、この部屋を見てから契約したんでしょう?」

と十津川は青木にきいた。

「もちろん、ご覧になりました」

「このベランダに、出て見ていましたか?」

「ええ」

「それで、彼は、何といっていました?」

「景色が気に入ったと、おっしゃっていましたね」

と青木は自慢そうにいった。

「そうですか」

と十津川はいっただけである。

## 5

結城は、十津川たちに見張られているのを承知で、行動しているように見えた。

捕えられるものなら、捕えてみろという感じだった。

結城は、家具店に行って、ベッドやテーブルを注文した。

貸し布団も持ち込まれた。

十津川たちが見ているのを知ると、結城は、ニヤッと笑って見せたりもした。

「楽しんでやがる」

と西本は腹を立てた。

だが、十津川には、そうは見えなかった。

何か、覚悟を決めてやっているように、見えるのだ。

亀井を狙撃すれば、成功しても、失敗しても、間違いなく結城は、逮捕される。それを覚悟して、やっているからである。

その夜、結城は、このマンションに泊まった。

十津川たちは、いったんホテルに戻った。

「彼は、本当にやる気でしょうか？」

と西本が十津川にきく。

「それは、やるだろう。そのつもりで、結城は、あのマンションを借りたんだからね」

「単なる嫌がらせとは考えられませんか？」

「嫌がらせ？」

「そうです。カメさんが裁判にかけられる。それだけでは、あき足らなくて、あんな動きを見せて、われわれをからかい、面白がっているんじゃありませんかね？」

「なぜ、そんなことをするんだ？」

「ただ単に、カメさんを、罪に落とすだけじゃ、気がすまないんじゃありませんか。それだけ、残酷な人間なんだと思います。何しろ、自分の愛人まで、平気で殺す男です」

「すると、嫌がらせをするが、本当に射ったりはしないというのかね？」

と十津川はきいた。

「そんな気がして来たんです。狙撃に失敗して捕まってしまったら、肝心の裁判がわからなくなってしまいますからね。本当は、自分で裁判を傍聴したいんじゃないですか」

と西本はいう。

「君は、どう思うね？」

十津川は、早苗にきいた。

「私は、あの男が私たちをからかって、喜んでいるようには見えないんですけど」

と早苗はいった。

西本は、そんな早苗に向かって、

「しかし、奴は、われわれを見て、ニヤニヤ笑っていたぜ」

「でも、眼は、笑っていませんでしたわ」

「そうだったかな」

十津川は考え込んだ。

彼も、結城が笑ったのは覚えているが、眼は、笑っていなかったろうか？

直観力の鋭い早苗がいうのだから、多分、当たっているだろう。とすると、結城は、本気で亀井を殺す気なのだ。

「七日が、勝負になるな」

と十津川はいった。

## 6

それまでに、殺された森あや子と結城の関係がわかればと、十津川は、期待したのだが、上手《うま》くいかなかった。

東京で、日下たちが、必死になって調べているのだが、どうしても、二人をつなぐ証拠が見つからないのである。

（このまま、七日を迎えそうだな）

と十津川は、覚悟した。

七日の朝は、粉雪が舞っていた。

ホテルで眼をさまし、窓の外が白くなっているのを見て、十津川は、ほっとした。

このまま、雪が降り続けてくれたら、結城は、マンションの九階から、狙撃はできないだろう。

（やまないでくれ）

と十津川は祈った。

結城に狙撃のチャンスがないうちに、彼を逮捕できるようにしたいと思った。

東京に電話をかけて、日下たちを激励した。

「申しわけありません」

と日下はいう。

「まだ、森あや子と結城が、結びつかないのか？」

と十津川はきく。

「彼女を知っている人間を、片っ端から当たっているんですが、恋人がいたのは知っていても、それが結城かどうか、わからないんです」

「ピカソの版画の線は、どうだ？　その線で二人が結びつくかもしれないぞ」

と十津川はいった。

「結城がピカソの版画が好きだったことは、わかりました。どうも、商売を離れて好きだったようです。多分、亡くなった妹の影響だったと思います」

「だろうね」

「森あや子も、結城に好かれようとして、ピカソの版画を集めていたと思うんですが、彼女の部屋にはありませんでした」

「それは知っているよ。きっと、彼女を殺した結城が持ち去ったんだ」

「自分との関係を知られるのが、嫌だったからですか？」

「他には、考えられないよ」

「版画の関係は、今、清水刑事が当たっています。何か出て来るといいんですが」

と日下はいった。

午後になっても、雪はやまなかった。

予定どおり、午後二時から公判は開かれたが、結城の妨害はなかった。

この雪では、狙撃は無理だったに違いない。それとも、西本のいうように、十津川たちをからかって、喜んでいるだけなのか。

次の公判は、十日の午後二時に決まった。

結城は、いぜんとして、マンションに籠《こも》ったままである。

ときどき食事に出かける。西本たちが尾行しても、平気な様子だった。

東京の清水刑事から、八日の夜、電話が入った。

「どうにか、なりそうです」

と清水がいう。

「話してくれ」

と十津川はいった。

「森あや子が、ときどき顔を見せていた美術商が見つかりました。四谷《よつや》にある池田《いけだ》という男の店です、池田は、六十五歳で、美術商としては有名でもあり、信頼のおける人物です」

「彼女は、そこへ行って、何をしていたのかね？」

「ピカソの版画の中でも、手に入りにくいものを、池田に購入したいと頼んでいたようです」

「池田は、何といってるんだ？」

「別に画家でもない人が、なぜこんなに欲しがるのか、不思議だったといっています」

「それで、何枚か、あや子は、その人から買ったのかね？」

「二枚、買ったそうです。それでも、もっと欲しいと、頼んでいたといっています」

「結城との関係は？」

「面白いことがあるんです。結城もときどき、この池田を訪ねて来て、ピカソの、これこれの版画が手に入ったら、売ってほしいと、いっていたそうなんですよ。それが、森あや子の注文と、まったく同じだったということです」

「なるほど、面白いね」

「もう一つ。森あや子に問題の版画を売ったあと、結城が同じ版画を欲しいとは、もういって来なくなったというのです」

「つまり、彼女が買って、結城に贈ったということか？」

「それで、ご機嫌をとっていたんじゃないかと、思います」

「池田が、森あや子に売ったピカソの版画は、二点なんだな？」

「二点です」

「それを、教えてくれ」

と十津川はいい、清水がいう版画の名前をメモした。

結城が、今、それと同じピカソの版画を持ち歩いているとすれば、状況証拠にはなるだろう。二人が、関係があるということである。

結城は、銀座の店まで始末して、北海道へ来た。

しかし、ピカソの版画は、どうしたのだろうか？

彼が、乗って来たソアラに、積んであったのだろうか？

「車のトランクと、借りたマンションの部屋を調べてみたいですね」

と西本がいった。

十津川も同じ気持ちだが、強制的に見ることはできない。

「直接、当たってみるか」

と十津川は、いった。

九日の午後、十津川は一人で、結城のマンションに足を向けた。

今度も、結城は、十津川を拒否せずに、部屋に入れた。

「ホテルのように、きれいじゃありませんよ」

と結城はいった。

「今日は、ピカソの版画を見せていただきたくて、来たんですがね」

十津川がいうと、結城は、「ほう」と、眼を大きくした。

「ピカソが、お好きなんですか？」

「ええ、好きですよ。あなたも、お好きだと聞きましたが」

「ええ、商売を離れて好きですね」

「すると、ピカソの版画だけは売らずに、こちらへ持って来たんじゃありませんか？」

と十津川がきくと、結城は笑って、

「いや、全部、処分しました」

「なぜ、売ってしまったんですか？」

「持っていても仕方がないと、思ったからですよ」

「信じられませんね」

と十津川はいった。

「困りましたね。お疑いなら、家探ししますか？　いいですよ」

と結城は、いった。

確かに、部屋の中には、ピカソの版画はない。

「車のトランクに入れて、持ち歩かれているんじゃありませんか？」

「困りましたね。車も、ごらんにいれますよ」

結城は部屋を出ると、マンションの駐車場に十津川を案内し、車のトランクをあけて見せた。

そこには、何も入ってなかった。

「押入れも、お見せしましょうか？」

「いや、もう結構ですよ」

と十津川はいった。

「警部さんが、お好きと知っていたら、全部は処分せずに、一枚ぐらいプレゼントしましたのに」

結城は、微笑していった。

## 7

十津川は、ホテルに戻ると、もう一度、清水に電話した。

十津川が、結城の話を伝えると、清水は、

「それは、おかしいですよ」

「ピカソの版画は、処分してないのか？」

「そうなんです。銀座の店を買い取った人に会いましたが、いろいろな美術品があったが、ピカソの版画は見当たらなかったと、いっているんです」

「そうか」

と十津川はいった。

結城は、嘘をついた。

（だが、彼は、平気で、部屋の中も車のトランクも見せた）

と十津川は、思う。

押入れは見なかったが、そこに、猟銃があったとしても、ピカソの版画は、なかったのではないかという気がするのである。

好きな版画を、わざと押入れに隠しているとは、思えないからである。

それに、ピカソが、殺人の証拠になるわけではない。

堂々と、壁にでもかけているのが自然だ。壁にかけて、いつも見ていたいはずである。

（わからんな）

と十津川は思った。

ピカソの版画を、結城は、どこへやってしまったのだろうか？

売らずに持ち歩いていると思っていたのだが、違っていた。捨てたとは、とても思えない。

（焼却したのだろうか？）

だが、焼く理由がわからなかった。

十日になった。

朝になって、目覚めると、十津川は、反射的に窓に眼をやったが、今日は明るかった。

晴れているのだ。

「どうしますか？」

と西本も、厳しい顔で十津川を見た。

「カメさんを、殺すわけにはいかないよ」

と十津川はいった。

「狙っているところを逮捕できれば、奴の自供を得られるかもしれませんね」

「そうなれば、一番、いいんだが」

と十津川はいった。

結城が自供しても、亀井が死んでしまったのでは、何にもならないのだ。

十津川たちは、昼食をすませてから、ホテルを出て、結城のマンションに向かった。

午後一時四〇分に、亀井を乗せた護送車は、地裁に着く。

それは、七日の雪の日に、結城は、ちゃんと見ていただろう。

十津川たちは、わざと階段を使って、九階まであがって行った。

九〇一号室の前に来る。

午後一時二〇分である。

結城は、ベランダに出て、息を殺して、護送車が来るのを待っているだろう。

一時三〇分まで待ってから、ドアをノックした。

返事がない。

十津川は、拳銃を取り出して、ドアを蹴った。

それでも返事がなかった。

もう待てなかった。十津川は、拳銃で錠を射った。

廊下に発射音が猛烈に反響する。

そのあと、西本と二人で、ドアに体当たりした。

ドアが開く。

二人は飛び込んだ。が、中に結城の姿はなかった。

## 8

十津川は、絶望した。

あと、五分しかないのだ。このマンションは囮《おとり》で、結城は、他の場所から狙撃する気なのか？

（どこにいるんだ？）

十津川の眼が、血走っている。

（しかし、このマンションより、いい場所はないはずだが）

十津川は、ガラス窓を開け、ベランダに出た。

間もなく、護送車がやってくる。

十津川は、横を見た。

隣りのベランダが見える。考えてみれば、他の部屋のベランダも、立場は、ほとんど同じなのだ。

「空部屋を探すんだ！」

と十津川は、怒鳴った。

西本と早苗が、廊下に飛び出して行った。

「九〇三号室が、空部屋です！」

廊下で、西本が叫ぶのが聞こえた。

「その部屋だ！」

と十津川は、怒鳴りながら、一つおいたベランダに眼をやった。

そこに、結城の姿が見えた。

だが、仕切りのコンクリートが邪魔になって、全身が見えない。

十津川は、かまわずに拳銃を抜き出して、一発、二発と射った。

牽制《けんせい》のつもりだった。

下の道路では、護送車が、もう地裁に向かって、走って来ている。

九〇三号室のベランダに出た結城は、十津川の拳銃が当たらないと知って、ゆうゆうと猟銃を構えた。

そのとき、九〇三号室のドアを破って、西本と早苗が飛び込んだ。

十津川は、地裁の裏口に入って行く護送車の少しうしろを狙って、射った。

コンクリートの地面が、はじけるのが見えた。

護送車は、裏の出入口で止まらず、中庭の方へ逃げ込んで行く。

結城がそれに向かって、あわてて猟銃を射った。

一発が、護送車の屋根に命中するのが見えた。

「この野郎！」

と西本が怒鳴るのが聞こえた。

次の瞬間、結城は、ベランダの手すりに躍《おど》りあがり、地面に向かって身を投げた。

十津川は、呆然として、落下していく結城の身体を見つめた。

叩きつけられる一瞬は、眼を閉じてしまった。

眼を開けたとき、結城の身体は、通路の上に、くの字形に横たわっていた。

車が一台、二台と停車し、人々が駈け寄ってくる。

十津川は、エレベーターで、階下へおりて行った。

(生きていてくれ)

と思った。今、結城に死なれては困るのだ。亀井を罠にかけ、三人の男女を殺したという自供を、取らなければならない。

しかし、道路に出て、結城の手首をつかむと、脈はもう消えていた。

西本と早苗も、息を切らして、駈け寄って来た。

「駄目ですか？」

と西本がきいた。

「ああ。駄目らしい、しかし、救急車を呼んでくれ」

と十津川はいった。

五分して、救急車が駈けつけた。救急隊員は首をかしげたが、それでも、十津川は、救急病院へ運んでもらった。

万一の期待をかけてである。

しかし、結城は、すでに死亡していた。

それを、確認しただけだった。

## 9

十津川たちは、病院から、結城のマンションに戻った。

道警の三浦警部や鑑識が来ていた。

十津川が、事情を説明した。

「勝手に行動したのは、申しわけありませんが、そちらが信じて下さらないので」

「まさか、結城が猟銃で、亀井刑事を狙うとは思いませんでしたね」

と三浦はいった。

「これで、亀井刑事が無実だということは、わかって下さったんじゃありませんか？　結城が真犯人です」

十津川がいうと、三浦は、首を横に振った。

「お気持ちはわかりますが、その結論は、危険だと思いますね」

「どこがですか？」

「結城が亀井刑事を憎んでいたことは、わかります。妹のことがありますからね。それで裁判のことを知り、ここにやって来て、銃で射った。しかし、結城が、特急『おおぞら9号』の誘拐や、『おおぞら6号』の殺人に関係しているという証拠は、残念ながらないわけでしょう。まったく別の事件ということも、考えられますからね」

「同じ事件です」

「証拠が、ありますか」

「今のところは、ありませんが――」

「それでは駄目ですね。亀井刑事の裁判は、今後も続きますよ。地検も取り下げないと思いますね」

と三浦はいった。

鑑識や三浦警部たちが帰って、十津川たち三人が取り残された。

「参ったな」

と十津川は、溜息をついた。

「申しわけありません。結城を、生きて捕えられればよかったんですが」

西本が、いう。今さら西本や早苗を叱っても始まらないし、結城は、最初から死ぬ気だったのかもしれない。

「ピカソの版画を、探してみてくれ」

と十津川は二人にいった。

押入れも見た。ベッドの下も探した。

が、やはり、ピカソの版画は、一枚も見つからなかった。

「おかしいな。どこへ消えたんだ？」

十津川は、腕を組んで考え込んだ。

「そういえば、金もありませんね」

と西本がいった。

「金？」

「そうです。家や店を売った金です。十億円は越えると思います。五百万足らずの金は、スーツケースの中に入っていますが、それだけです。預金通帳もありませんよ」

「そうだね。どこへ消えたんだろう？」

「東京を出るとき、銀行の貸金庫にでも、入れてきたんじゃないでしょうか？」

と早苗がいった。

「それを、預けたまま、死んでしまったわけかい？」

十津川は、首をかしげた。

「遺書もありません」

西本も、溜息をついた。

「少し、考えてみよう」

と十津川はいった。

結城は、全財産を処分して、北海道へやって来た。

亀井を、殺すためである。

そして、自分も自殺する気だったのか？　ベランダから、迷わず身を投げたところをみると、いざとなれば、死ぬ気でいたことは、はっきりしている。

それなら、なぜ、わざわざ財産を整理したりしたのだろうか？

「まさか、厖大《ぼうだい》な財産は、社会事業に寄附する気でいたんじゃないでしょうね？」

西本が、呟いた。

「これでは、カメさんを助けられんよ」

と十津川は、腹立たしげにいった。

死ぬのは勝手だが、これでは困るのだ。

それとも、いざとなったとき、自分自身の口を封じて、亀井を有罪にする気だったのか？

「私の考えを、いっていいですか？」

早苗が、遠慮がちにいった。

「いいとも。この際、どんな意見でもいってくれ」

と十津川はいった。

「今度の事件は、結城の、妹に対する異常に強い愛情から、出発したと思います」

と早苗はいう。

「それは、わかってるんだ」

「普通なら、妹があんな自殺の仕方をしても、警察を恨んだりしませんわ。悪いのは、妹のほうなんですから」

「そうだろうね」

「それなのに、結城は、亀井刑事に復讐しました。それほど、妹を愛していたんだとは思いますが――」

「君は、何がいいたいんだね？」

「それだけ、妹を愛していたのなら、普通は、北海道へ来るより、妹のお墓に仇を討ってやったと、報告に行くのではないでしょうか？　亀井刑事を殺す気なら、いつでも殺せると思うんです。公判は、あと一月や二月は続きますから」

早苗は、いう。

十津川は、急に眼を輝かせた。

「結城かおりの墓は、どこだったかな？」

と早苗にきいた。

「わかりませんが、郷里は、確か仙台《せんだい》だったと思いますけど」

「よし。調べて、彼女の墓参りに行ってみよう」

と十津川はいった。

東京の日下に、電話をかけて、調べさせた結果、仙台市内の長命寺《ちょうめいじ》とわかった。

翌日、十津川は、西本を残して、千歳から仙台へ、飛行機で行くことにした。

九時五〇分千歳発に乗り、仙台へ着いたのは、一一時〇〇分である。

千歳は、粉雪が舞っていたが、仙台は、幸い晴れていた。

空港からタクシーで、青葉城《あおばじょう》跡近くにある長命寺に向かった。

「君のいうとおり、あれほど愛していた妹の墓参りに行かないのは、おかしいんだよ」

　とタクシーの中で十津川は、早苗にいった。

「ええ。北海道へ行くのなら、途中で仙台へ寄るはずですわ」

「だが、寄らなかった――」

「ええ」

「長命寺という寺に、何があると思うかね？」

「多分、結城の全財産と思います」

　と早苗はいった。

「妹のために、全財産を寺に寄附したということか？」

「ええ。他に、お金の行方は考えられないんです」

「しかし、それが当たっていても、亀井刑事を助ける役には立たないな」

　と十津川はいった。

　長命寺は、大きな寺だった。高台の、仙台市が一望に見わたせる場所にあった。

　十津川は、住職に会った。

　六十歳くらいだろうか。小柄で、眉の太い住職だった。

　十津川は、最初から警察手帳を見せ、早苗のことも紹介した。

「結城かおりさんの墓が、こちらにあると聞いたんですが」

と十津川はいった。

「この寺は、結城さんの先祖のお墓もありますよ」

「では、お参りさせていただけますか？」

「もちろん、かまいませんよ」

と住職はいい、十津川たちを案内してくれた。

結城家代々の墓があり、立派なものだった。

その傍に、新しい結城かおりの墓も作られていた。

十津川は、途中で買って来た花を捧げ、早苗と手を合わせた。

「お茶でも、いかがですか」

と住職がいった。

十津川たちは、茶をご馳走になった。暖房は、火鉢だけだったが、それでも寒さを感じなかったのは、緊張のためだろう。

しかし、こちらの疑問を、どう口にしたらいいか、わからなかった。

下手にいって、相手の反感を買っては、ここまで来た甲斐《かい》がない。

しばらく、押し黙っていた。

「結城誠さんを、ご存知ですか？」

と十津川が口を開いた。

「もちろん、知っています。何回かお会いしていますからね」

「亡くなりました」

十津川がいうと、住職は、眼をしばたたいて、

「やはり、あのニュースは本当だったんですか？」

「そうです。本当です。妹のかおりさんを、とても愛していましたから、彼女の傍へ、葬ってあげて下さい」

「そうします」

と住職はいい、またしばらく黙っていたが、

「あなたは、優しい方らしい」

と微笑した。

「さあ、それは、どうですか」

「あなた方が、何しに、この寺に来られたのか――」

「それは――」

「だいたいの察しはついていましたよ」

と住職は、また微笑した。

「そうですか」

「しかし、最初は、黙って、このまま帰してしまおうと思っていました。そのほうが、あの兄妹のためだと思ったからです」

「――」

何をいうのかと思い、十津川は、黙って住職の顔を見ていた。

「ちょっと、待っていて下さい」

住職は、立ち上がって奥へ消えた。そのまま、しばらく出て来ない。

十津川が、早苗と顔を見合わせていると、住職が、大きな風呂敷を抱えて戻って来た。

それを、十津川たちの前に置いた。

「結城誠さんが、送って来たものです」

と住職はいい、風呂敷を広げた。

最初に眼に入ったのは、何枚かのピカソの版画だった。

(ここにあったのか――)

と思っていると、その下から、部厚い封書を取り出して、住職は、十津川に渡した。

〈長命寺住職様〉

とあり、裏を返すと、結城誠とあった。

「読んで、かまいませんか？」

と十津川は、きいた。

「最初、それは、誰にも見せず、焼却するつもりでした。庭で燃やそうとしていたとき、あなた方が、お見えになった。これも、何かの縁でしょうし、お見せしたほうがいいと、思い始めたのです」

住職は、どうぞと、いった。

十津川は、中の便箋を取り出した。

## *10*

〈長命寺住職様

妹のかおりのことは、ありがとうございました。今後も、よろしくお願い致します。お住職に、この手紙を書く気になったのは、誰かに、自分の気持ち、自分のしたことを、知っていただきたいと、思ったからです。

この手紙を、お読みになったあと、どうされても、お住職の勝手ですが、できれば、そのまま焼却して下されば幸いです。

私は、妹のかおりと二人だけの兄妹として、生きて来ました。

幸い、私の商売もうまく行き、生活に困ったことは、一度もありません。

美しい妹もいて、私は幸福でした。

妹のかおりは、優しい男と結婚し、幸福になってほしいと思って来ました。自分の知っている友人で、これはと思う青年と、何度か見合いをすすめましたが、妹は、なかなか承知しませんでした。

そして、あの事件が起きたのです。

今から、振り返ってみれば、何もかもはっきりとわかるのですが、あのときは、私は、ただぼうぜんとしてしまったのです。

私自身、あのとき、叔母に見合いをすすめられていました。

なかなか美人でしたし、会った感じでは、優しそうに見えたので、私は、一緒になってもいいと思いました。

妹にもそれをいい、お前も早く、いい人を探しなさいと、いったのです。

妹は、笑顔で、私におめでとうといいました。

しかし、その直後から、急に妹の様子がおかしくなったのです。自堕落《じだらく》になり、深酒をし、夜おそく帰るようになりました。

私は、わけがわからず、ただ、叱りつけていただけです。

そして、妹は、ある夜、プレイボーイの荒木という男を、殺してしまったのです。好きでもない男でした。いや、軽蔑《けいべつ》していた男です。

そのとき、私は、妹が、私を兄としてではなく、男として愛していたことを、知ったのです。

私自身も気付きませんでしたが、美しい妹を、女として愛していたのかもしれません。

私は、妹を守ってやろうと決心しました。妹に殺人までさせてしまったのは、私が彼女の愛情に気付かなかったからです。幸い、警察も、他の女たちに疑いの眼を向けていました。

私は、妹とどこか外国へ行き、男と女として過ごそうと、考えました。神様の罰が当たってもいい。一生、妹を、女として愛していこうと、決心したのです。

ところが、亀井という刑事が、妹に疑いの目を向け、執拗《しつよう》に調べ始めたのです。

そして、とうとう妹は、逮捕されてしまいました。

もし、あの刑事がいなかったら、私と妹は、不道徳でも、幸福に暮らすことができたのです。

妹は、有罪の判決を受け、刑務所に入りました。

私は、ひたすら、妹の出所を待ちました。妹が出て来たら、今度こそ、外国へ行き、二人だけで過ごそうと考えていたのです。

しかし、刑期を了えて、戻って来た妹は、すっかり人が変わってしまっていました。

おそらく、兄の私を愛したために、自分に罰が当たったと考えたのだと思います。

私は、妹の気持ちが和《やわ》らぐまで待とうと、彼女の好きなようにさせておきました。

だが、それなのに、というのか、それだからか、わかりませんが、妹は、突然、自殺してしまったのです。

遺書がありました。が、それには、たった一行だけ、「お兄様を苦しませて、ごめんなさい」と、書いてありました。

そのとき、私は決心したのです。妹を自殺に追い込んだのは、あの亀井という刑事だ。必ず復讐してやるとです。

あの刑事さえいなければ、私は、妹と夕ヒチかどこかで、夫婦として暮らしていたかもしれないのです。

私は、周到に計画を立てました。私のことが好きで、何でもするという女がいました。森あや子という女です。

彼女に、二人の男女を探させました。犠牲になる男女です。

服部明と坂本陽子という二人です。同棲している人間で、死んでもいい、つまらない男女です。

彼らに金を与え、亀井刑事の身辺を、調べさせました。

その結果、ひとつの情報をつかみました。亀井が小学五年生の息子を連れて、十二月二十四日に北海道に渡り、「おおぞら9号」で釧路へ行くということです。

私は亀井に殺人罪の罪を着せ、刑務所へ送り込んでやりたかった。妹が入れられたようにです。

どんな方法で復讐をしたか、お住職にくわしく書いても、仕方がないでしょう。簡単に書きます。

私は、服部明と坂本陽子を使って、「おおぞら9号」の車中で、亀井の息子を誘拐したのです。

その旨《むね》を書いた手紙を、亀井に渡しました。その脅迫状に、私は、「K」と署名しておきました。死んだ妹、かおりのKだったのですが、亀井には、わからなかったでしょう。刑事はみんなそうです。自分を、正義の士と思い込み、自分が人を傷つけることなど、考えてもみないのです。

私は、翌日、上りの「おおぞら6号」に亀井を誘い込み、服部明と坂本陽子を殺し、その犯人に亀井を仕立ててあげてやりました。

私の計画は、見事に成功しました。道警は、亀井を殺人容疑者として逮捕し、起訴しました。

## *11*

私は、東京に帰りました。

私は、そのあとハワイへでも行って、のんびりと、亀井刑事が有罪判決を受け、刑務所に入れられるのを、見守っていようと思っていました。

ですから、前もって、ハワイ行きの航空券を買い、アメリカのビザも、とっておきました。

しかし、亀井刑事をうまく罠にかけたあと、私は、もうひとつの殺人を犯さなければならなくなってしまったのです。

私に協力してくれた森あや子です。彼女は、どこか妹に似ていました。心から私を愛してくれていて、私のために、殺人の手伝いまでしてくれました。

私に好かれようとして、私の妹に似た化粧をし、部屋の調度も、妹のそれに似せていました。

妹は、ピカソの版画が好きでした。あや子は、それを知って、自分もピカソの版画を手に入れ、私にくれたりしていたのです。

その森あや子が、今度の事件のあと、私と結婚したいと、いい出したのです。

彼女にしてみれば、私のために殺人の手伝いまでしたのですから、当然の気持ちだったのだと思います。

しかし、私は、妹への気持ちが残っている限り、誰とも結婚する気にはなれないのです。

私と森あや子の間で、口論になりました。あや子は、感情が不安定になり、自分を、ただ利用しただけなのかと、私をなじりました。結果的に、そのとおりなので、私は、ひたすら詫びました。金も好きなだけやるといいました。

しかし、私がなだめようとすればするほど、あや子は、激して来て、最後には、私が一番傷つくこと、妹のかおりのことを、悪《あ》しざまにののしり始めたのです。

兄妹なのに、愛し合っているのは、汚ないともいいました。

私は、耐えようと思いました。が、駄目でした。あや子の言葉が、真実を突いていればいるほど、私は、我慢がならなくなってしまいました。

気がつくと、私は、電気のコードで、あや子の首を締めていたのです。あわてて手をはなしたとき、彼女はもう死んでいました。

そのとき、私が感じたのは、死んだあや子には、申しわけないのですが、ああ、あの妹は、もういないのだなという寂しさでした。うまく、自分の気持ちを説明できないのですが、ただ、ただ、私は、寂しくなっていました。

絶望に近い感情といったらいいかもしれません。自分は、もう、ひとりぼっちだという孤独感といったらいいかもしれません。

その絶望感が、亀井刑事に対する新しい怒りと憎しみに、つながっていきました。あのとき、妹が刑務所に行くことがなかったら、不道徳だろうと、何だろうと、私は、妹と一緒の生活ができていたのだ。絶海の孤島だろうと、どこだろうとかまわない。愛する妹と二人だけの生活ができていたのだという思いが、私を新しい怒りにかりたてたのです。

亀井刑事を刑務所に送り込めば、それでいいと思っていたのですが、それでは、我慢ができなくなったのです。

この手で亀井を殺し、妹の仇を討ちたいと考えるようになったのです。成功すれば、死んでもいい、いや、死にたいと思いました。

妹のいない世界には、もう、何も未練もない気がしたからです。

警察は、私の周辺を調べ始めていました。

それは、わかっていましたが、別に怖くはありません。警察は、馬鹿だから、私が逃げ出すものと、考えているに違いないからです。

その推理を利用してやろうと思いました。

友人で、私にちょっと顔の似ている男に、ハワイまでの航空券とパスポートをやって、遊んで来いと、いいました。そんなものは、もういらなくなるからです。

友人は、喜んで、ハワイへ旅立ちました。

きっと、警察は、私がハワイへ逃げたと思い込むでしょう。

私は、これから北海道へ向かいます。亀井刑事を殺すためです。お住職がこの手紙を読む頃、もうすべてが終わっていると思います。

亀井刑事を殺すことができるか、できないかにかかわらず、私は、死んでいるはずです。何回も書きましたが、妹のかおりのいないこの世の中は、ただ寂しく、荒涼《こうりょう》としているだけですから。

私は、全財産を整理し、一枚の小切手にしました。全部で二十億近い金額です。別に、この小切手は、書留でお送りします。

それを、どうお使いになってもかまいませんが、お願いしたいことがあります。

妹の供養を、今後も、よろしくお願いしたいのです。

それから、死んだ私の墓を、妹の傍に作っていただけませんか？　私は、すでに、三人の人間を殺しています。そして亀井刑事を殺せば四人になります。

恐ろしい殺人者ですが、それでも、お住職が、助けてやろうと思われたら、私の骨は、妹の傍に作った墓に納めて下さい。

妹の好きだったピカソの版画も、別便でお送りします。店の商品は、すべて処分しましたが、これだけは、売ることができなかったのです。

それを、どうしてほしいと、お住職にお願いはしません。

お住職がお持ちになっていても、どこかに寄贈されても結構です。好きなようになさって下さい。

これで、すべて書き、お願いしました。

多分、驚かれたと思いますが、私は、お住職が、前科のある妹の墓を、喜んで作って下さった心の広さに感動したので、すべてを書いたのです。

この手紙の処理は、お住職の心のままにして下さい。焼却して下さると、一番ありがたいと思いますが、警察にお見せになっても、露ほどもお恨みは致しません。

結城　誠拝〉

長い手紙だった。

十津川は読み了《おえ》ると、「ふうッ」と、溜息をついた。これで、亀井が救われるという安堵感《あんどかん》でもあった。

「この手紙は、お借りできるんですか？」

と十津川は、住職にきいた。

「ええ。お持ちになって結構ですよ」

「しかし、この手紙には、できれば、焼却するようにと、ありますが」

「私は、仏につかえる人間でしてね。人を助けるのが仕事です。あなたの部下の亀井という刑事さんが、無実の罪で苦しんでおられるんでしょう？」

「そのとおりです」

「それならば、それを、お持ちになって、助けてあげて下さい」

「ありがとうございます」

「その代わり、私も、結城誠さんの遺体は、希望どおり、妹さんの墓の隣りに葬ってやりたいと思っています。殺人をやった人間だろうと、死ねば、私にとって、同じ仏様ですから」

と住職は、いった。

十津川と早苗は、住職に礼をいって、長命寺を出た。

「よかったですね」

と歩きながら、早苗がいった。

が、十津川は黙っていた。黙って、亀井刑事のことを考えていた。

「よかったよ」

と十津川がいったのは、五、六十メートル歩いてからである。

# 解説

郷原　宏

平成十七年（二〇〇五）は、西村京太郎氏とその読者にとって、大変うれしい年になった。西村氏が第八回日本ミステリー文学大賞を受賞し、三月にその贈呈式と祝賀会が開かれたからである。これはひとり西村氏の栄誉であるにとどまらず、私たち西村ファン全員の名誉であり誇りでもあるといっていいだろう。四十年にわたってベストセラー作家西村京太郎を支えてきたのは、何よりもまずその本を買って読みつづけたひとりひとりの読者の力だったはずだからである。

その西村ファンの手にまた一冊、うれしい文庫が届けられることになった。『特急「おおぞら」《ハイデッカー・エクスプレス》殺人事件』。「小説宝石」に昭和六十二年（一九八七）四月号から三回にわたって連載され、同年七月に光文社から刊行された作品である。栄誉の年を記念するにふさわしい一冊だといっても、たぶんどこからもクレームはつかないだろう。

私たちが一篇の推理小説を読んで面白いと感じるとき、それはその作品の何に由来《ゆらい》するのだろうか。奇抜な状況設定、意表をつくトリック、波瀾万丈《はらんばんじょう》のストーリー、巧みな語り口、登場人物の性格的な魅力など、作品の数だけの——いや、ひょっとすると読者の数だけの理由が考えられるが、それを全部ひっくるめて作者の趣向と呼んでもいいだろう。推理小説が実際にあった事件の再現ではなく、作者の想像力が生み出した「もうひとつの現実」であるかぎり、その物語のすべては作者の趣向に属するはずだからである。その意味で、小説の面白さとは、とりもなおさず趣向の面白さのことだといっていい。

西村京太郎氏は、ひとくちにいえば、その趣向の面白さを持った作家であり、趣向の面白さで読ませる作家である。鉄道ミステリーという使い古された革袋にサスペンスという新しい酒を盛って、トラベル・ミステリーという日本独自のジャンルを切りひらいた小説作法上の趣向もさることながら、長短三百を超えるそのトラベル・ミステリーの一篇ごとにまったく新しい趣向や工夫が凝らされていて、私たちを不安ながらも心はずむ紙上の旅に誘い出さずにはおかない。醍醐味《だいごみ》の醍醐とは、古代中国で緬《めん》羊《よう》の乳からつくられた一種の乳酸菌飲料のことらしいが、「推理小説の醍醐味」という場合の醍醐は、この斬新な趣向のことにほかならない。

西村氏の趣向は、魅力的な謎の設定から、スリルとサスペンスと臨場感に満ちた展開をへて意外な結末に至るまで、物語の全径路にわたってふんだんに仕掛けられており、全篇がさながら趣向のヨーグルトとでもいうべき偉観を呈している。十津川警部シリーズが、老若男女を問わず、あらゆる世代の読者に広く、しかも長く愛されつづけているのは、ひとつにはこのヨーグルトの風味と口当たりのよさのせいだといえるかもしれない。

しかし、その趣向の威力が最もよく発揮されるのは、やはり何といっても事件そのものの設定の面白さである。長く続いたシリーズ物の宿命で、十津川警部シリーズの場合も、その事件簿がひとつずつ厳密に評価される機会は少ないのだが、熱心で注意深いファンなら、それぞれの事件が完全に独立した推理小説としての謎と論理とプロットを具《そな》えていることを見逃さないだろう。すなわち、このシリーズには、事件の数ほどの、いや、そこに登場する人間の数ほどのドラマと謎と感動があるといっていいのである。

したがって、このシリーズは、十津川警部（初登場時は警部補）のデビュー作『赤い帆船《クルーザー》』（一九七三）から順を追って読むのに越したことはないけれど、たとえ途中から読み始めても、あるいは逆に新しいものから古いものへとさかのぼっても、いっこうに差し支えない。十津川警部以下の捜査陣は三十年来ほとんど変わらないが、彼らの扱う事件はそれぞれ完全に別個のもので、その間にどんな貸借《たいしゃく》関係も因果関係もないからである。しかも、そのひとつひとつに、まったく新しい仕掛けと工夫が凝らされているのだから、私たちはいつまでたっても十津川ファンをやめられない道理である。

このシリーズのさらに注目すべき点は、主人公とそれぞれの事件との関わり方に、細心の注意と工夫が施《ほどこ》されていることである。日本の警察制度は属地主義、発生地主義だから、警視庁つまり〝東京都警察本部〟所属の警察官が他の道府県で起きた殺人事件を捜査するなどということは普通では考えられないが、西村氏はそれを合同捜査や捜査共助という形にし、あるいは十津川自身や彼の部下がたまたま事件に巻き込まれたという形をとることによってうまくクリアし、十津川警部が無理なく地方の事件に関わる条件と環境を整えている。

コロンブスの卵の故事と同じで、これは一見何でもないことのように思われるかもしれないが、警視庁の刑事が現地警察と連絡もとらずに勝手に地方へ出かけていき、現行犯でもないのにいきなり容疑者を逮捕するようなでたらめな推理小説やTVドラマが横行している現状を考えれば、いかにもこの作家らしい神経の行き届いた趣向のひとつといえる。おかげで私たちは、日本の推理小説史上最もリアルライフな名探偵の一人である十津川警部が、日本全国津々浦々で起きた難事件に挑戦するという、まさしく夢のような物語を堪能《たんのう》することができる。

たとえば、この『特急「おおぞら」殺人事件』の場合、第一の事件の現場は札幌—釧路間を走るスーパー特急「おおぞら」の車中である。亀井刑事と息子の健一が「おおぞら9号」で釧路の親戚の家に向かう途中、健一が何者かに誘拐された。翌朝、犯人の指示で「おおぞら6号」に乗った亀井は、健一を助けたい一心で犯人から届けられた缶ジュースを飲み、昏睡状態に陥る。気がつくと、彼の手は血まみれのナイフを握っており、グリーン車のデッキで誘拐犯と見られる男女二人が刺し殺されていた。こうして誘拐事件の被害者の父である亀井は、今度は誘拐犯刺殺事件の容疑者として現行犯逮捕される。

これはいうまでもなく北海道警の事件であり、警視庁の十津川警部の出番はない。彼はただ容疑者の上司として来道し、道警の捜査をやきもきしながら見守っているしかない。もちろん東京では部下に命じて水面下の捜査をさせてはいるのだが、ちょうど年末年始の休みにかかって捜査は難航し、亀井の起訴は必至という情勢になる。正月返上の捜査の結果、やがて誘拐犯の黒幕と思われる人物が浮上し、その男の周辺にいた女性が世田谷のマンションで殺されるに及んで、事件はやっと十津川警部のものになる。こうなればもう占めたもの。以後、読者は安心して名探偵対名犯人のスリリングな知恵比べを楽しむことができる。

このシリーズのもうひとつの見逃せない特長は、テンポがよくて読みやすいということである。ストーリーが簡潔《かんけつ》で渋滞《じゅうたい》がない上に、場面がすべて絵になっているので頭に入りやすい。これはおそらく西村氏が青年時代に月間百本のペースで観つづけたという映画――とくにフランス映画の影響によるものだと考えられる。だからこそ十津川警部シリーズはＴＶドラマになりやすく、ＴＶドラマでおなじみだからこそ十津川人気は衰えることがないのだといえば、少なくとも比喩《ひゆ》としてはわかりやすいだろう。

西村京太郎氏と十津川警部が健在であるかぎり、日本のミステリーは安泰である。

この作品はカッパ・ノベルスとして一九八七年七月に、
光文社文庫として一九九〇年八月に刊行されました。

本文中の路線名や列車のダイヤ等は、当時のものです。

特急《ハイデツカー・エクスプレス》「おおぞら」殺人事件《さつじんじけん》
西村京太郎《にしむらきようたろう》

2005年3月15日第1刷発行

発行者——野間佐和子
発行所——株式会社 講談社
東京都文京区音羽2-12-21 〒112-8001
電話 出版部 (03) 5395-3510
販売部 (03) 5395-5817
業務部 (03) 5395-3615
Printed in Japan

講談社文庫
定価はカバーに
表示してあります

デザイン—菊地信義
本文データ制作—講談社プリプレス制作部
印刷———凸版印刷株式会社
製本———有限会社中澤製本所

落丁本・乱丁本は購入書店名を明記のうえ、小社書籍業務部あてにお送りください。送料は小社負担にてお取替えします。なお、この本の内容についてのお問い合わせは文庫出版部あてにお願いいたします。

ISBN4-06-275029-5

# 講談社文庫刊行の辞

二十一世紀の到来を目睫に望みながら、われわれはいま、人類史上かつて例を見ない巨大な転換期をむかえようとしている。

世界も、日本も、激動の予兆に対する期待とおののきを内に蔵して、未知の時代に歩み入ろうとしている。このときにあたり、創業の人野間清治の「ナショナル・エデュケイター」への志を現代に甦らせようと意図して、われわれはここに古今の文芸作品はいうまでもなく、ひろく人文・社会・自然の諸科学から東西の名著を網羅する、新しい綜合文庫の発刊を決意した。

激動の転換期はまた断絶の時代である。われわれは戦後二十五年間の出版文化のありかたへの深い反省をこめて、この断絶の時代にあえて人間的な持続を求めようとする。いたずらに浮薄な商業主義のあだ花を追い求めることなく、長期にわたって良書に生命をあたえようとつとめるところにしか、今後の出版文化の真の繁栄はあり得ないと信じるからである。

同時にわれわれはこの綜合文庫の刊行を通じて、人文・社会・自然の諸科学が、結局人間の学にほかならないことを立証しようと願っている。かつて知識とは、「汝自身を知る」ことにつきていた。現代社会の瑣末な情報の氾濫のなかから、力強い知識の源泉を掘り起し、技術文明のただなかに、生きた人間の姿を復活させること。それこそわれわれの切なる希求である。

われわれは権威に盲従せず、俗流に媚びることなく、渾然一体となって日本の「草の根」をかたちづくる若く新しい世代の人々に、心をこめてこの新しい綜合文庫をおくり届けたい。それは知識の泉であるとともに感受性のふるさとであり、もっとも有機的に組織され、社会に開かれた万人のための大学をめざしている。大方の支援と協力を衷心より切望してやまない。

一九七一年七月

野間省一